Max-Joseph Halhuber / Anton Pelinka / Daniela Ingruber

# FÜNF FRAGEN AN DREI GENERATIONEN

## Der Antisemitismus und wir heute

GEGRÜNDET
1999

Max-Joseph Halhuber / Anton Pelinka /
Daniela Ingruber

# FÜNF FRAGEN AN DREI GENERATIONEN

*Der Antisemitismus und wir heute*

Czernin Verlag, Wien

.KUNST Kultur tirol

Die Deutsche Bibliothek – CIP-Einheitsaufnahme
Halhuber, Max-Joseph / Pelinka, Anton / Ingruber, Daniela: Fünf Fragen an drei Generationen – Der Antisemitismus und wir heute / Max-Joseph Halhuber, Anton Pelinka, Daniela Ingruber
Wien: Czernin Verlag, 2002
ISBN 3-7076-0137-4

*Aufgrund des Redaktionsschlusses Anfang 2002 nimmt die vorliegende Publikation nicht Bezug auf die aktuelle politische Situation in Israel.*


Art Direction: Bernhard Kerbl
Cover-Foto: Harry Weber
Lektorat: Christina Kleiser
Herstellung: Die Druckdenker GmbH, Wien
Druck: Druckerei Theiss GmbH, A-9431 St. Stefan
ISBN 3-7076-0137-4

# Inhalt

# Vorwort

Der österreichische Philosoph Günther Anders stellt in seinem ersten Brief an Klaus Eichmann, den Sohn Adolf Eichmanns[1], die These auf, dass wir in gewisser Weise alle Eichmanns Söhne seien oder: „Mindestens Söhne der *Eichmannwelt*".[2] Die Nachkriegsgeborenen teilten mit Klaus Eichmann das Schicksal oder Unglück, Kinder in einer Welt Eichmanns zu sein. Nicht, weil alle unsere Eltern gewesen wären wie er, sondern weil Schuld bleibt und in essenziellen Handlungen von heute eine Vorahnung auf ein Desaster der Menschheit zu liegen drohe. Aus dem Bösen seien wir, so Anders daher weiter, „noch nicht ganz heraus [...], jedenfalls noch nicht wir alle [...]."[3]

Gleichzeitig sind wir alle der Gefahr ausgesetzt, unsere Vorväter zu verteidigen, aus Respekt oder auch Liebe ihnen gegenüber. Wir verteidigen, weil wir nicht nachtragen können. Wir verteidigen als Bruder oder Schwester, Sohn oder Tochter, als Enkel und Enkelinnen oder auch als Nicht-Verwandte – anstatt uns distanzieren zu können. Klaus Eichmann, so ist Günther Anders überzeugt, habe seinen Vater daher zweimal verloren, einmal bei dessen Hinrichtung und einmal, als er die Wahrheit über dessen Taten endgültig erfahren habe und sich diese als tatsächliche Handlungen seines wahrscheinlich geliebten Vaters eingestehen musste.

Sind wir wirklich auf diese Weise alle Eichmanns Söhne?

Die Diskussionen der letzten Jahre, wie jene rund um die berühmt gewordene „Wehrmachtsausstellung“ oder Publikationen zur Schuld der Durchschnittsbevölkerung im Dritten Reich, zeigen, wie schwierig das Thema noch immer zu behandeln ist, wenn es um die Schuld der Großelterngeneration von heute geht. Das Thema Holocaust wird erst leichter oder zumindest objektiver zu bearbeiten sein, wenn es Teil der Vergangenheit sein wird. Doch das ist es nicht, darf es auch noch lange nicht sein, da unser aller Alltag in vielfacher Weise davon geprägt ist.

Eine wesentliche Frage allerdings ist jene der ererbten Schuld oder Verantwortung. Günther Anders schreibt in seinem Brief an Klaus Eichmann auch über diese Schuld eines gesamten Volkes. Er geht mit Selbstverständlichkeit davon aus, dass die Kollektivschuld der falsche Ansatz sei: „Herkunft ist keine Schuld, niemand ist seines Ursprungs Schmied [...].“[4] Das bedeutet jedoch keinesfalls, dass darüber nun geschwiegen werden könnte. Ganz im Gegenteil sind gerade die nachfolgenden Generationen aufgerufen, das Gedenken und die Verarbeitung des Holocaust zu thematisieren.

Die Täter- und Opfergeneration ist inzwischen alt geworden oder verstorben. Es sind die Nachfolgegenerationen, die heute bestimmen. Ihre Aufgabe ist es, dafür Sorge zu tragen, dass das Unrecht von damals kein zweites Mal geschehen kann. Ebenso wichtig ist es jedoch, dafür einzustehen, dass die Jugend zu Beginn des 21. Jahrhunderts versteht, wie mehrere Völker in diesen tiefen, blinden Hass und die Gedankenlosigkeit sowie Tatenlosigkeit abgleiten konnten, die es erst möglich machten, dass ein Regime Millionen von Menschen auszulöschen vermochte.

Wie soll die Jugend von heute damit umgehen? Wie sollen die heute Erwachsenen ihre Kinder „richtig“ erziehen, damit die

Erinnerung an das Unrecht erhalten bleibt, doch der Gedanke an eine kollektive Schuld vermieden wird? Durch Letzteren würde erst recht Sensibilität verhindert und in der Folge auch nichts mehr be- und verarbeitet.

Viele Wege sind dazu bereits beschritten worden. Den einzig Richtigen kann und soll es nicht geben. Es müssen verschiedene Bearbeitungen stattfinden. Im vorliegenden Buch wird ein Reflektieren darüber versucht, für Generationen aus und nach dem Zweiten Weltkrieg.

Ein alter Mann, Max-Joseph Halhuber, der das Geschehen im nationalsozialistischen Deutschland erst als junger Student und später als Arzt erlebt hatte, nun seit vielen Jahren pensioniert sowohl in Österreich als auch in Deutschland lebt, stellt fünf Fragen an die Menschen zu Beginn des neuen Jahrtausends; fünf Fragen über die Beziehung deutscher und österreichischer Nichtjuden zum Judentum. Im Rückblick auf sein Leben bleiben die Jahre des Nationalsozialismus besonders tief in seinem Denken verankert. Jene Jahre, das damalige Geschehen, prägen sein Denken mindestens ebenso sehr wie das, was bisher nicht geschehen ist: eine Aufarbeitung, die die schrecklichen Ereignisse unwiederholbar machen würde. Als Möglichkeit der Reflexion betrachtete Max-Joseph Halhuber das Stellen von Fragen. Wie auch die nachfolgenden Generationen Fragen stellen. Es sind unterschiedliche Fragen. In beiden Fällen jedoch handelt es sich um unbequeme Fragen: Diesmal aber sollten nicht nur die „Täter" befragt werden, sondern auch die Nachkriegsgeneration und die Generation der etwa Dreißigjährigen von heute.

Max-Joseph Halhuber unterhielt sich unzählige Male mit Menschen aus mehreren Generationen über seine Fragen. Dann endlich schickte er sie an verschiedene Menschen aus. Da er sich die Fragen zuerst selbst gestellt hatte, beantwortete er diese ganz offen zunächst selbst. Anschließend regte er an, dass zwei Personen der beiden nächsten Generationen, ein Politikwissenschafter und eine Politikwissenschafterin, dieselben Fragen beantworten sollten.

So stellen sich in diesem Buch Vertreter aus drei Generationen fünf Fragen zum vergangenen und gegenwärtigen Umgang mit Juden und Jüdinnen und beantworten sie auf ganz unterschiedliche Art und Weise.

Durch das Nachdenken über das Verhältnis von Nichtjuden zum Judentum soll gleichzeitig die Frage nach der eigenen Identität bewusster gemacht werden. Darüber hinaus zeigen sich die unterschiedlichen Haltungen und Einstellungen verschiedener Generationen zu Beginn des 21. Jahrhunderts. Jeder der drei Autoren spricht für seine bzw. ihre Generation und gibt doch ganz persönliche Antworten.

Die erwähnten Aussendungen an andere Personen, unter ihnen Nichtjuden ebenso wie Juden, ergaben zum Teil widersprüchliche Resultate. Denn die korrekte Auflösung der fünf Fragen gibt es nicht. In der Vielheit erst wird ihre Gemeinsamkeit deutlich. Jeder Mensch würde aufgrund seiner oder ihrer Erfahrungen, Geschichte und Denkart anders antworten. Gerade aufgrund der sowohl sehr persönlichen als auch theoretischen Beantwortung der fünf Fragen werden Letztere auch an die Leser und Leserinnen weitergegeben und sollen eine Herausforderung sein zur Eigenbeantwortung und zu einem anschließenden Vergleich mit den Antworten der zwei Autoren und der Autorin vom Standpunkt jeweils einer Generation.

Es geht im vorliegenden Buch nicht so sehr um eine (politik-)wissenschaftliche Analyse. Es geht vor allem um „die anderen“ – wobei „die anderen“ in diesem Falle „wir“ sind. „Wir“, drei Personen aus Mitteleuropa, drei Personen, die in Österreich und/oder Deutschland tätig sind und leben. Drei Nichtjuden. Und auch wenn sich die fünf gestellten Fragen an das Thema Judentum halten, so richten sie sich nicht zuletzt an Nichtjuden.

Es wird gar nicht erst versucht, einen Blick anzunehmen, wie ihn Juden und Jüdinnen haben könnten, als jene, die den Holocaust überlebt haben, oder deren Vorfahren es zu tun versuchten. Es handelt sich um Fragen eines Nichtjuden an Nichtjuden. In Briefen zu den fünf gestellten Fragen haben auch Juden und Jüdinnen Stellung genommen. Manche warnten vor diesem Buchprojekt, andere zeigten sich interessiert. Teilweise sind ihre Sichtweisen in die Texte aufgenommen worden, sofern sie auch Gedankengänge der drei Autoren waren. Bewusst aber stehen die Beantwortungen der Fragen durch diese Nichtjuden für sich. Denn vor etwa sechzig Jahren waren es Nichtjuden, die das größte denkbare Elend anrichteten. Warum daher heute nicht einmal bewusst diesen nichtjüdischen Blick anwenden?

Damit soll ein lange Zeit verdrängtes und tabuisiertes Thema näher ins Bewusstsein der Öffentlichkeit gerückt werden.

Dass es überhaupt zum Holocaust kommen konnte, hängt nur damit zusammen, dass Juden und Jüdinnen als fremd, als nicht-deutsch, als nicht-„arisch“, als – letzten Endes – nichtmenschlich gesehen wurden. Das Stigma der Fremdheit ermöglicht den Hass. Genau diese Ausgrenzung findet heute noch immer statt. Sie trifft keineswegs nur Juden und Jüdinnen, sondern alle als „fremd“ oder als „anders“ definierten Menschen.

Mit der Beantwortung der fünf Fragen möchten wir die Leser und Leserinnen zur Diskussion einladen. Das Ziel dieses Buches wäre dann erreicht, wenn die Fragen nach Lektüre der drei mal fünf Antworten nicht einfach beiseite gelegt würden wie das Buch selbst, sondern den Beginn einer Diskussion darstellten.

Max-Joseph Halhuber
Daniela Ingruber
Anton Pelinka

*Februar 2002*

# Einführung

## „Unbequeme Fragen"

1. Was sind Juden in Ihren Augen – ein Volk, eine Religionsgemeinschaft, eine Rasse?
2. Hat sich Ihre Einstellung zu den Juden im Laufe Ihres Lebens geändert?
3. Wie erklären Sie heute den jungen Menschen Hitler und die Judenvernichtung?
4. Sind Sie dafür oder dagegen, dass heute wie 1900 Juden aus dem Osten nach Deutschland und Österreich einwandern?
5. Wie denken Sie über Israel?

*Was sind Juden* in Ihren Augen? Oder: Was sind Juden *in Ihren Augen*?

Hat sich Ihre *Einstellung geändert*? *Im Laufe* Ihres Lebens? Zu *den Juden?*

Irritierende, befremdende Fragen. Je nach Setzung der Intonation werden die Reaktionen unterschiedlich sein. Ablehnung möglicherweise, vielleicht auch gemildert in Erstaunen: Ein Zeitzeuge, aus katholischem Milieu stammend, stellt seinen Mitmenschen diese Frage und versucht damit sich und seine Erfahrungen noch einmal zu artikulieren.

Sind nicht wir versucht, die Fragestellungen einer der Zeit angemessenen Korrektur zu unterziehen? Einer akkurraten Reinigung von allzu verfänglicher (historischer) Konnotation. Zumindest eine Glättung der sprachlichen Oberfläche wäre angebracht. Doch was bedeutet hier „angemessen"? Und meinen wir damit nicht zugleich: Welche Erinnerung, welche Art des Erinnerns wäre heute „angebracht"?

Eine kleine Veränderung, beispielsweise der Wortwahl, somit der Umgang mit den uns zur Verfügung stehenden sprachlichen Mitteln löste bereits Zustimmung aus? Wohlmeinende Zustimmung: Hier wird ausgesprochen. Indem ein Zeitzeuge in hohem Alter sich der Thematik des Holocaust, der Judenvernichtung, der Frage nach Schuld, der Täter und Opfer noch einmal, vielleicht ein letztes Mal nicht entzieht. Brennend heiß.

Zucken wir zusammen bei einem wie selbstverständlichen Gebrauch der Worte „Rasse" oder „Jude"? – Es kommt vor: in den Geschichten einer alten Tante, die mit Unbefangenheit ihre arische Abstammung in den Erzählfluss der Erinnerungen verwebt; in der Literatur von Max Frisch, Jahrgang 1911, wo sich auch das Wort „Neger" findet, vorbehaltlos und wertfrei, und in dem unbedachten Zorn, der gesellschaftsbedingten Frustration einer rechtsextrem gesinnten Jugend. Dann Stillschweigen.

Wir ringen noch um die Erfahrung des Holocaust. Um das Verhältnis von so genannten Nichtjuden und Juden und um unseren Umgang mit dem Judentum. Dabei wird von historischer Erfahrung gesprochen. Doch bedingt, meine ich. Indem wir einen Satz wie oben stehenden formulieren und als solchen belassen, erfolgt eine inhaltliche (obgleich unklare und vage) Zuschreibung. Ein (bislang nicht näher definiertes) Kollektiv, dem *wir* uns zugehörig fühlen, weist ein Verhältnis auf: zu einem (bislang nicht näher definierten) Abstraktum. *Das Judentum.* Dahinter stehen jeweils Menschen. Indem wir versuchen Erinnerungsarbeit zu leisten, sollten wir versuchen uns dieser Menschen, der einen und der anderen, zu erinnern. *Ob* und *wie*, wie nachhaltig beispielsweise individuelles Erinnern und Erinnern von kleinsten Gruppen bis hin zu nationalen Gemeinschaften erfolgen, davon zeugen gegenwärtige, ganz alltägliche Erfahrungen, Handlungen sowie das Unterlassen von Handlung; davon zeugt nicht zuletzt die Sprache selbst.

Da das Erinnern bzw. Gedenken an den Holocaust und die im Namen einer nationalsozialistischen Ideologie begangenen Verbrechen zu Beginn des 21. Jahrhunderts nicht wie selbstverständlich und kaum zufällig erfolgten, liegt der Begriff der „Erinnerungsarbeit" nahe. Davon ist die Rede: Die folgenden drei in diesem Buch versammelten Texte handeln von einer bewussten Arbeit mit Erinnerung, mit einzelnen Erinnerungen wie Fragmenten einer kollektiven – also von mehr als einem Menschen geteilten – Erinnerung. Es ist eine Arbeit an der Erinnerung, vorgenommen von Einzelnen; eine Arbeit mit und an gemeinsamen und doch persönlichen Erinnerungen – Arbeit des Erinnerns findet statt. Nie losgelöst von einem „Heute", wo der oder die Schreibende sich gerade befinden. Für die Autorin und die beiden Autoren bedeutet dies eine mentale und lebensweltliche Verankerung in der deutschen Sprache, in einer deutschen und/oder österreichischen Geschichte, aufgewachsen mit spezifischen Narrativen der Länder Österreich und Deutschland: Erzählungen und Tradition, Klischeevorstellungen wie Tabus, mit familiärem, öffentlichem und offiziellem Schweigen, dessen Aufbrechen und Benennen … Es bedeutet in den Beantwortungen der fünf von Max-Joseph Halhuber gestellten Fragen *auch* eine Bezugnahme auf die gegenwärtige österreichische Einwanderungspolitik, die Migrationssituation in West- und Osteuropa, auf die Problematik israelischer Siedlungspolitik, den Nahostkonflikt und die Tragik des 11. September. Und es beinhaltet letztlich ein Aufgreifen und Weiterreflektieren der Tatsache, dass Genozid (z. B. in Ruanda) und das Verbrechen ethnischer Säuberungen (in Jugoslawien) selbst nach der schrecklichsten Erfahrung des Nationalsozialismus auf dieser Welt noch begangen werden, was heißt, in ihrer Un-Möglichkeit auch weiterhin bestehen.

Es ist nicht das erste Mal, dass diese uns alle anlangende Problematik in Form einer individuellen, stellenweise sehr persönlichen Reflexion Einzelner stattfindet. Geschriebener Text als ein (bevorzugtes) Mittel der Erinnerungsarbeit.

Was ist hier anders?

Im Buchtitel werden angekündigt: Fünf Fragen an drei Generationen. Damit rückt der Begriff der „Generation" (in seiner Mehrzahl) in den Vordergrund. Der Zeitzeuge und Fragensteller Halhuber hat ein in sehr persönlichen Motiven begründetes und zugleich allgemein betreffendes Anliegen: die Vermittlung der Schrecken des Holocaust an die „Nachkommen" – Nachkommen der Opfer- wie auch der Tätergeneration, Nachkommen all jener, möchte ich ergänzen, die sich auf der Skala der definierten Opfer und Täter vielleicht irgendwo dazwischen befinden, kleine Handlanger, Mitläufer, Opportunisten jener Zeit, Zusehende und Schweigende. Es gibt inzwischen verschiedenste Versuche, eine „Generation" zu definieren, auch sie als solche zu de/konstruieren.

„Generation" als ein Begriff unser Alltagssprache, im umgangssprachlichen Gebrauch und als Gegenstand des wissenschaftlichen Diskurses. Die gegenwärtige, kulturwissenschaftlich und transdisziplinär ausgerichtete Forschung zeigt diesbezüglich reges Interesse.

Was für einer Generation, welcher Geschichte fühlen wir uns zugehörig? Wo beginnen, wo enden Gefühle und Wahrnehmung einer bestimmten Generationszugehörigkeit oder „Generationszusammenhänge", z. B. die der „Nachkriegsgeneration" oder „Nachfolgegenerationen"? Wo befinden sich deren Grenzen? Sind sie in Jahreszahlen zu bestimmen oder vielmehr als Ordnungs- und/oder Orientierungsmuster vorzustellen und zu erklären? Generationskonzepte haben schließlich eines gemeinsam: Sie beinhalten eben solche Fragen der Auswahl und Begrenzung.

Mit ihren Texten zeigen und begründen Max-Joseph Halhuber, Anton Pelinka und Daniela Ingruber drei verschiedene Zugänge zu Erinnerungsarbeit, in denen sich – so zu lesen in der Ankündigung des Verlags – auch der „Zugang dreier Generationen widerspiegeln" soll.

Bei Max-Joseph Halhuber *zeugt* der Begriff der „Erinnerungsarbeit" von seiner unmittelbaren Wahrnehmung und Erfahrung, einem sehr bewussten Erleben der Jahre des Naziregimes und seiner Ideologie. Dabei lassen sich Fragen nach dem „Erzählenswerten" und dem „Erzählbaren" einer Biografie, nach dem gelebten und dem erzählten Leben eng an die einzelnen Argumentationsstränge des Textes knüpfen. Das heißt, Biografie und Reflexion verweben sich zu einer nachhaltigen wie gegenwartsbezogenen Textur der Zeugenschaft.

Halhuber wählt das Mittel der verbalen Provokation und stellt Schuld, persönliche Schuld und ein gesellschaftliches Versäumnis, politische Inkonsequenz hinsichtlich einer Aufarbeitung des Holocaust, der nationalsozialistischen Verbrechen und unseren Umgang mit dem Judentum radikal in Frage. Und er stellt hierzu genau jene Fragen, argumentiert und zieht daraus jene Schlüsse, die *seiner* Geschichtserfahrung, der Geschichtserfahrung eines heute 86-Jährigen entsprechen:

Geboren 1916 und aufgewachsen in einem liberal gesinnten, katholischen Elternhaus, erlebte Halhuber die 1930er-Jahre als Jesuitenzögling in Innsbruck, was seine Einstellung dem Nationalsozialismus gegenüber, wie er sagt, „schon frühzeitig" prägte. Er absolvierte sein Medizinstudium in Wien und Innsbruck; wurde von 1940 bis 1945 zur Deutschen Wehrmacht eingezogen, wo er zuletzt als Stabsarzt der Reserve diente. In den Jahren nach dem Krieg folgten Stipendien an Kliniken in Paris und in den USA, Lehrtätigkeiten in Innsbruck und Höhenried bei München.

Anpassung, Opportunismus und unterlassener Widerstand, das sind Begriffe, die den Geist eines auf ein reiches und vielfältiges Leben rückblickenden Menschen noch heute herausfordern. Philosemitismus als eine mögliche Reaktion und in der von Halhuber gewählten pauschalen Umschreibung – „ich bin einer, der Juden mag" – steht hier für den individuellen „Versuch der Wiedergutmachung". Halhuber ist sich dabei sehr wohl einer bestimmten Problematik gewahr, indem er in seinem Text zum einen auf die Kläglichkeit der Bezeichnung „Wiedergutmachung" verweist und im Weiteren ausführt: „Wir neigen dazu, im Positiven (siehe Semitophilie) zu übertreiben oder im Unterbewussten alte Vorurteile nicht richtig aufzuarbeiten." Gleichzeitig bleiben Bezeichnungen und Formulierungen wie oben Genannte an entscheidender Stelle seiner Argumentation erhalten, beanspruchen somit eine spezifische Funktion und Aussage. Diese Wahrnehmung vermag manchen Leser, manche Leserin zu irritieren – nicht alle. Doch gerade hier, in diesem „Unentschieden" der Betroffenheit eröffnet sich ein zusätzlicher Erkenntnisstrang, der den Text Halhubers als ein wertvolles Zeugnis seiner Zeit ausweist – für alle Nachkommen. Die Problematik, die in Sätzen oder einzelnen Formulierungen liegt, die einer anderen als der eigenen Sozialisation und Wissenserfahrung entspringen, wird demnach unterschiedlich wahrgenommen – vom Autor selbst wie von seiner Leserschaft.

Auch Anton Pelinka, Jahrgang 1941, bekannter und angesehener Professor für Politikwissenschaften in Innsbruck, schreibt über seine spezifische Erfahrung des Philosemitismus. Ausgehend von Jean-Paul Sartres Essay *Betrachtungen zur Judenfrage* entwickelt und veranschaulicht Pelinka am Beispiel der jüdischen Identität als „Prototyp für Identität schlechthin" in sehr differenzierter Weise den konstruierten Charakter von Identität: „Identität wird gemacht" – durch Fremdzuschreibung. Wie sehr, angesichts dieser komplexen Mechanismen von Zuschreibung und Konstruktion, ist es erlaubt, Identitäten selbst zu bestimmen, haben wir die Wahl? Anhand von Beispielen sucht Pelinka in seinem Text eine Dialektik des Eigenen und Fremden zu argumentieren und zu differenzieren.

Das führt neuerlich zu Fragen in Annäherung an den Begriff der „Generation". Befinden wir uns heute in einem Feld der Auswahl, der Grenzziehung und/oder der prinzipiellen Offenheit? Pelinka schreibt: „Ich ging in die Falle des Philosemitismus. [...]. Wahrscheinlich war es unvermeidlich – für einen 1941 geborenen Österreicher [...]." Seine nachfolgenden Begründungen sind wesentlich für die weitere Beweisführung und Untermauerung der These gesellschaftlicher Konstruktionen (vom jüdischen Charakter, der jüdischen Besonderheit). Doch hier interessieren allererste Zuschreibungen. Anton Pelinka bezieht sich auf sein Geburtsjahr und auf seine Nationalität; nicht zuletzt mit dem Wissen, in der Konstellation der drei Texte stellvertretend für eine bestimmte Generation, die so genannte österreichische Nachkriegsgeneration, zu stehen. Damit wird eine zunächst für alle gleich gültige Zuordnung möglich: kommunizierte (und daher gemeinsam teilbare), eingeübte Ordnungs- und Orientierungsmuster tauchen wieder auf, bilden und verfestigen sich in unserem Bewusstsein.

Was aber geschieht, wenn Verbindlichkeiten (in Form von heute noch teilbaren, gemeinsamen Erinnerungen oder *lieux de mémoire*), die uns von einer österreichischen Nachkriegsgeneration sprechen lassen, zu Bruch kommen? Für wen – außer sich selbst – steht die Stimme des Autors?

Daniela Ingruber als jüngste Textbeiträgerin schickt ihrem Schreiben eine eindeutige Absichtserklärung voraus: „[...] der Glaube, ich könne für meine Generation sprechen, würde eine Verallgemeinerung erfordern, die gerade der gestellten Thematik nur wenig dienlich wäre. Ich entscheide mich daher für einen sehr persönlichen Erzählstil [...]. Das Ich als Beispiel." Fragmente einer weiteren Biografie: geboren 1966 in Lienz, geprägt von einem intakten, schützenden Elternhaus und dem Aufwachsen in einer Kleinstadt, von vorgefundenen Bildern – Klischeevorstellungen vom Judentum, von den Juden. Die Politik- und Theaterwissenschafterin bereiste Indien, war zu Studienaufenthalten in Spanien und Mexiko, arbeitete in der Friedensforschung und Konfliktprävention, als Wahlbeobachterin in El Salvador, als Lektorin zum österreichischen politischen System an Universitäten in Armenien, Georgien, Aserbaidschan, Kasachstan, Kirgistan, Usbekistan. Sie engagiert sich heute in Bereichen der Politischen Bildung und Realpolitik in Österreich. Wieviel Information ist notwendig, um einem Namen (einer Nennung) eine eigene Identität zu verleihen?

Daniela Ingrubers Beantwortung der fünf Fragen liest sich wie eine Einlösung und gleichermaßen Auflösung der schon bei Pelinka vorgenommenen Differenzierungen des Eigenen und

Fremden: an konkreten Beispielen der persönlichen Bezugnahme und Handlung. Erinnerungsarbeit als ein sensibler Versuch, Bilder, Geschichtsbilder und Bilder der eigenen Erfahrung aufzubrechen, zu umzubrechen: bewusst zu machen – in der Wahrnehmung einer Grenzreisenden; Grenzen belassen.

Jeder der hier vorliegenden Texte vermittelt Haltung, letztlich das Wissen und Nicht-Wissen eines Menschen aus einer bestimmten Position heraus: seiner je individuellen Wahrnehmung und Erfahrung, seiner Sozialisation, gefasst in seinem gesellschaftlichen, sozialen, politischen und kulturellen Kontext, den *cadres sociaux*. – Oder wie Daniela Ingruber in einer Notiz vermerkt: „Diese Beantwortungen präsentieren drei sehr unterschiedliche Zugänge, geprägt nicht nur von den Blicken dreier Generationen, sondern auch vom jeweiligen Leben, den beruflichen wie auch persönlichen Erfahrungen. Die Fragen selbst hätten die einzelnen Autoren vielleicht in verschiedener Weise gestellt."

So besitzt jeder der hier vorliegenden Texte individuell formulierte Aussagekraft und mit ihr eine bestimmte historische Bedeutung. Gleichzeitig erlaubt es diese Lesart, in den Texten Mosaikteilchen zu sehen, befähigt das Muster eines sich ständig erneuernden Identitätsangebots, seine individuellen wie kollektiven Zuschreibungen mitzuverhandeln.

Christina Kleiser
*März 2002*

Max-Joseph Halhuber

# Bekenntnishafte Überlegungen eines so genannten Zeitzeugen

## Vorbemerkungen

Ist das überhaupt im Jahr 2002 ein publizistisches Thema, nachdem junge Menschen in Mitteleuropa in der Mehrheit noch keinem Juden bewusst begegnet sind und für viele sogar „Holocaust" ein fremdes Wort geworden ist? Oder ist dieses Thema in einer Periode der Angst vor dem Rechtsextremismus in ganz Europa sogar von besonderer Aktualität? *Fremdenfeindlichkeit*, vielleicht auch Antisemitismus, ist doch u. a. Angst vor Verlust der eigenen traditionellen Identität. Solche Frustration führt zur Aggressivität. Das ist auch eine verständliche Reaktion von Menschen, die nicht merken, dass sich ihre Identität schon in der Gegenwart vom Nationalen, vom „Völkischen" weg gewandelt hat.

Haben wir heute ein Europa der Kulturregionen, sind wir auf dem Weg zum Weltbürgertum?

Identität ist immer eine Mischung von dem, wie man sich selbst sieht, und dem, wie die anderen einen sehen. Um solche Begriffe und ihren gegenwärtigen Wandel geht es im Grunde auch in den fünf Fragestellungen und unseren Antworten.

Als ein Zeitungsartikel von mir mit dem Titel *Die Juden und Wir, heute* ein wenig provozieren wollte, war er ohne Echo geblieben[5] (aber das kann mit der Scheu des Österreichers vor einer öffentlich zu pflegenden „Streitkultur" zu tun haben).

Als Anfang 2000 diese fünf Fragen mit Antwortversuch an den Zentralrat der Juden in Deutschland mit der zusätzlichen Frage geschickt wurden, ob wohl die Zeit psychologisch reif wäre für ein solches Thema, kam vom Geschäftsführer die verständliche Gegenfrage, was man da vom Zentralrat für eine Reaktion erwartet habe? Ich deute diese Antwort so, dass die Zeit wohl dafür reif sei, die Anfrage aber nicht an die richtige Adresse gelangt war. Fragende, die ihre Sozialisation zwischen 1920 und 1940 erfahren haben, hat jene Zeit zur Übervorsicht erzogen.

Warum habe ich mir und anderen die folgenden fünf Fragen gestellt? Weil ich überprüfen wollte, ob und wie ich als intellektueller „Normalverbraucher", also nicht als politologischer Experte, sondern als Arzt und ehemaliger Medizinlehrer in Innsbruck und München im vergangenen Jahrhundert zur Thematik des Nationalsozialismus dazugelernt habe.

Als Partner konnte ich in meiner Heimatstadt zwei Politikwissenschafter aus den nächsten Generationen gewinnen, die aufgrund dessen möglichen Lesern näher sind. Sie setzen andere Akzente und sind in ihren Antworten unbefangener als ein 86-jähriger Zeitzeuge. (In der *Zeit* habe ich gelesen, dass Zeitzeugenschaft ein Kosewort für Senilität sei.)

Ich bin kein typischer Vertreter meiner Generation, eher ein nachdenklicher Außenseiter, für den die Beantwortung der fünf Fragen Erkenntnisse eines mühsamen persönlichen Lernprozesses, auch eine Art Versuch der Wiedergutmachung (ein klägliches Wort) bedeuten.

Es darf mich auch nicht verwundern, wenn meine Semitophilie (sprachlich besser ausgedrückt als Philosemitismus oder Anti-Antisemitismus – ich bin einer, der Juden mag) mich nicht nur bei Juden verdächtig macht. (Was hat der Alte wohl zu verbergen?)

Aber es wurde mir auch Folgendes erstaunlich deutlich: Sechzig Jahre nach der NS-Zeit und dem Ende des Nationalstaatdenkens münzen viele Menschen ihre verständliche Angst vor dem Ungewohnten, nämlich vor der Tatsache, dass Europa aus wirtschaftlichen und demografischen Gründen ein „Einwanderungskontinent“ werden wird, in Fremdenhass um und laufen deshalb Populisten nach. In diesem Sinne mögen alle folgenden Ausführungen verstanden werden: als Herausforderung an intellektuelle Leser, sich ihrer Verantwortung als politische Meinungsgestalter in einem sich rasch wandelnden Mitteleuropa inne zu werden.

Wie würden Sie selbst antworten? Ein Antwortversuch könnte auch Ihnen helfen, sich Ihrer politischen Identität besser bewusst zu werden, also etwas mehr über sich selbst zu erfahren.

## 1. Was sind Juden in Ihren Augen – ein Volk, eine Religionsgemeinschaft, eine Rasse?

Aus manchen Gesprächen mit jüdischen Freunden habe ich gelernt, dass Antworten auf diese Frage selbst unter Juden umstritten sind, vor allem unter europäischen Juden. Der von mir hoch geschätzte Ignatz Bubis bekannte sich als Deutscher jüdischen Glaubens. Bis 1938 bezeichneten sich einige prominente Juden in Wien als Österreicher jüdischen Unglaubens, bis im Dritten Reich solche Selbstironie nicht mehr möglich war. In meinen Augen – und mit dem Wissen, das ich seit 1945 begierig aufgesogen habe – sind die Juden ein uraltes Volk mit einer 4000-jährigen religiösen Tradition, was aber vielen mitteleuropäischen Juden erst durch Hitler bewusst geworden ist. Bis zur Gründung des Staates Israel war dieses Volk als tüchtige und deshalb Neid (und dadurch Antisemitismus) erzeugende Minderheit über die ganze Welt verstreut. Ich stimme einer Definition des deutschen Schriftstellers Horst Krüger zu, die ich zufällig in einem Radiovortrag über Tel Aviv erstmals in den siebziger Jahren gehört habe: Juden sind Menschen im Komparativ! Das heißt, um zu überleben müssen sie als Minderheit „besser“ oder „schlechter“ (raffiniert wirksamer) sein als ihre Umgebung. Eine solche Aussage ist natürlich eine Provokation, die Widerspruch will. Plakative Definitionen müssen verengen.

## 2. Hat sich Ihre Einstellung zu den Juden im Laufe Ihres Lebens geändert?

Ja, erheblich. Vor 1938 war ich in Österreich als jugendlicher Jesuitenzögling katholisch-antijudaistisch geprägt. Nicht als ein Antisemit in nazistischem Sinne, aber doch etwa im politisch-populistischen Verständnis des einstigen Wiener Bürgermeisters Lueger: Es kann auf Dauer nicht gut gehen, wenn 10 Prozent der Wiener Bevölkerung 50 bis 60 Prozent aller intellektuellen, maßgeblichen Positionen innehaben (als Journalisten, Ärzte, Anwälte, Bankiers usw.).

Als ich mich nach 1970 bei einem israelischen Kollegen aus Wien am Strand von Tel Aviv für meine „antiparasitäre“ Einstellung entschuldigen wollte, sagte er zu meiner großen Überraschung: „Das ist kein Anlass zu einer Entschuldigung. Aus demselben Grund bin ich vor 1938 in Wien Zionist geworden!“[6] Diese Aussage hat mich bis heute nachdenklich gemacht. Als demokratischer Weltbürger begrüße ich es, dass ein orthodoxer Jude wie Lieberman sich als möglicher US-Vizepräsident zur Wahl gestellt hat, aber gleichzeitig befürchte ich, dass der

Antisemitismus durch die Angst vor zu großem jüdischem Einfluss weltweit zunehmen könnte.

Je mehr ich über den Begriff „Volk“ auch in Zusammenhang mit dem Judentum nachdenke, um so mehr merke ich, wie mir dieser Begriff nicht nur durch Hitlers ideologische Vergiftung verdächtig geworden ist. Meine jüngste Tochter (Politologin) hat mir als Ersatz den Begriff „Willens-Nation“ angeboten, der mir erst allmählich einleuchtet. Es wird in Zukunft immer mehr eine subjektive Entscheidung sein, welche politischen Identitäten wir für uns akzeptieren. Das gilt für den Einwanderungskontinent Europa genauso wie für Israel. Wir sind überdies alle ethnische Mischlinge, auch wenn wir es nicht wissen. Diese Einsicht sollte in Zukunft auch unsere Einstellung zu den Juden mitbestimmen. Das Staatsbürgerschaftsrecht entwickelte sich vom *jus sanguinis* (Blutzusammengehörigkeit) über das *jus soli* (wo geboren?) im Zeitalter der Globalisierung und Mobilität immer mehr zum *jus optionis* (als eine gemeinsame Entscheidung von Einwanderern und Aufnahmeland).

Der nicht zu unterschätzende christliche Anti-Judaismus wird heute in allen Kirchen kritisch gesehen, aber das konnte in Polen auch nach 1945 Pogrome nicht verhindern. Immerhin hat im Jahr 2000 ein Papst nach Begegnungen mit Rabbinern in Rom an der Klagemauer in Jerusalem einen Gebetszettel hinterlassen. Eine symbolische Geste der Verbundenheit des Christentums mit dem Judentum? Ich muss das Fragezeichen leider stehen lassen.[7]

Wodurch bin ich allmählich zu einem Semitophilen geworden? Weniger durch Bücher und Zeitschriften, die mich den Nationalsozialismus und seinen rassistischen Antisemitismus in seiner ideologischen Primitivität durchschauen ließen, als durch persönliche Begegnungen mit Juden in und außerhalb Israels und durch das gezielte Studium der mitteleuropäischen Geistesgeschichte. Was verdanken wir doch jüdischen Deutschen und Österreichern!

Heute erkenne ich auch, dass um 1900 Berlin und Wien gerade durch den jüdischen Bevölkerungsanteil zu Weltmetropolen geworden sind. Durch Mord und Vertreibung der Juden hat Hitler auch uns Nichtjuden arm gemacht. Und noch eine Einsicht oder These darf in diesem Zusammenhang nicht fehlen: In vielen Jahrhunderten sind wir Europäer aus vielerlei Bevölkerungsanteilen gemischt worden, zweifellos auch aus jüdischen. Durch solche Überlegungen werden nicht nur „ethnische Säuberungen" zu grotesken Forderungen.

Aber auch ein alter Nazigegner merkt hin und wieder, wie die antisemitische Nazipropaganda in ihm wider Willen seit Jahrzehnten nachwirkt: wenn er beispielsweise bei Begegnungen mit Juden meint, Vorurteile gegenüber angeblich jüdischen negativen Eigenschaften „überprüfen" zu müssen. Ich merke dann, dass es mich freut, wenn ein negatives Vorurteil, etwa die „jüdische Raffsucht", durch erlebte Realität widerlegt wird. So wirken also die Propagandalügen des *Stürmer* sogar bei Intellektuellen nach sechzig Jahren noch nach.

## 3. Wie erklären Sie heute den jungen Menschen Hitler und die Judenvernichtung?

Jan Kershaw, Autor der Biografie *Hitler 1889-1936, 1936-1945,* schreibt: „Nur über die Geschichte können wir für die Zukunft lernen. Und deshalb ist keine Phase der Geschichte von größerer Bedeutung als die Epoche, die Adolf Hitler beherrscht hat."

Der Holocaust (Shoah, Endlösung, Judengenozid) ist das schlimmste Ereignis und Ergebnis der NS-Zeit. Die Fragen „Warum?" und „Wie waren Hitler und Auschwitz im Volke der Dichter und Denker möglich?" müssen auch nach dem Jahr 2000 die ganze Welt, besonders aber Europa beschäftigen, um ähnlichen mörderischen Konsequenzen einer ethnischen Säuberungsideologie wirksam und frühzeitig vorbeugen zu können. Hitler ist 1933 in Deutschland legal an die Macht gekommen und zwar durch ein Zusammenwirken folgender Faktoren, die hier nur in Stichworten zu kennzeichnen sind:

1. Die Demütigung der Besiegten durch die Pariser Vorortverträge 1918 (Versailles, St. Germain).
2. Die Angst vor der kommunistischen Weltrevolution.
3. Die damals große Arbeitslosigkeit.
4. Die Geringschätzung der parlamentarischen Demokratie, die mir heute im Sinne von Churchill besonders wichtig erscheint.
5. Die Nichtakzeptanz der Ideale der französischen Revolution in Mitteleuropa.
6. Die Massenwirkung charismatischer Macht (die Person Adolf Hitler).
7. Der überall in der Welt vorhandene, latente Antisemitismus; die beiden letztgenannten Faktoren haben sicher einen wesentlichen Anteil in der Vorbereitung des Holocaust, aber dazu kommt noch:
8. Eine menschenverachtend primitive Rassenideologie, vereint mit der genauso wenig wissenschaftlich fundierten Ideologie vom „Volk ohne Raum".
9. Totalitäre Gewaltausübung, deren Wirksamkeit von den Nachgeborenen heute unterschätzt wird.
10. Die Ausnutzung deutscher Sekundärtugenden (Disziplin und Gehorsam, die „Banalität des Bösen" nach Hannah Arendt).

Durch diese zehn Faktoren und vermutlich noch andere Bedingungen, die noch nicht erforscht sind (wie z. B. die These des polnischen Juden Zigmunt Bauman: „Holocaust als Produkt der Moderne?"), konnte eine von wenigen „Verrückten" geplante „Endlösung" im Vernichtungskrieg 1939 bis 1945 realisiert werden.

Viele dieser Bedingungen sind heute jungen Menschen in Mitteleuropa kaum noch verständlich zu machen. Ihre Erörterung in der Schule und in den Medien scheint mir deshalb besonders wichtig.

Um eine Frage, die in diesem Zusammenhang nahe liegt, will und darf ein Zeitzeuge sich nicht drücken: Was haben Mitteleuropäer vom Holocaust gewusst, während er geschah? Diese Frage ist mir bei einem Besuch in Israel vom Enkelsohn des Hamburger Bankiers Warburg gestellt worden. Seine achtzig Jahre alte Mutter hat ihn mit den Worten unterbrochen: „Das ist eine dumme Frage. In einer Diktatur kann man nicht wissen wollen." Ich habe das damals aus dem Munde einer deutschen Israelin wie eine „Lossprechung" empfunden.

Um auf das Zentrum der dritten Frage zurückzukommen: Nein, ich bin mit den Phänomenen „Hitler" und „Auschwitz" und der Beantwortung der Frage, wieso Hitler als „Führer" im so genannten Volk der Dichter und Denker möglich geworden war, noch immer nicht fertig. Noch bevor mir die gesamte Biografie Hitlers von dem großen britischen Historiker Jan Kershaw zugänglich war, hatte ich eine Kurzcharakterisierung mit Attributen nach dem Lexikon versucht, die am Schluss der Beantwortung dieser dritten Frage stehen soll:

*Adolf Hitler war ein charismatischer, ideologie- und machtbesessener Psychopath.*[8]

*Charismatisch*: als nicht alltäglich, übernatürlich geltende Eigenart eines Menschen, um derentwillen er als übermenschlich, gottgesandt, vorbildlich und deshalb als Autorität oder Führer gewertet wird.

*Ideologie*: Vorstellungen zur Interpretation der Welt in einer von Interessen geleiteten und damit verfälschenden Sichtweise.

*Psychopath*: abnorme Persönlichkeit; im Vordergrund stehen Anpassungsschwierigkeiten an die Umwelt. Als Ursachen sind möglicherweise konstitutionelle und soziale Faktoren von Bedeutung.

Ergänzungen aus meiner Sicht: Der Tübinger Psychiater Prof. Kretschmer hat in einem Buch zum Begriff des Psychopathen vielleicht im Hinblick auf Hitler geschrieben: „In ruhigen Zeiten behandeln wir sie, in erregten Zeiten beherrschen sie uns."

Hitlers Ideologie war durch den Wiener Antisemitismus vorgeformt; sein Rassenwahn vom Über- und Untermenschen war gemischt mit der genau so wenig wissenschaftlich fundierten Ideologie vom „Volk ohne Raum".

Als ich im Herbst 2000 das unbestechlich hellsichtige Buch von Sebastian Haffner, *Geschichte eines Deutschen, Die Erinnerungen 1914-1933* (ein Jugendwerk aus dem Nachlass, 1939 niedergeschrieben im britischen Exil), gelesen hatte, verstand ich besser, wieso Hitler bei den damals eher naiv unpolitischen Deutschen (ohne wehrhafte Demokratie!) möglich geworden war. Nur wenige Menschen im Inland und auch im Ausland (siehe Beschwichtigungspolitik in Frankreich und England) hatten eine so gute politische Nase wie Haffner, um den Blut- und Schmutzgeruch um Hitler rechtzeitig zu bemerken. Während der Lektüre des Haffner-Buches ist mir allerdings auch wieder deutlich geworden, wie durch Verängstigung und raffinierte Versuchungen einer geschickten Diktatur die Bürger zum

Überlaufen verführt werden. „Ein kleiner Pakt mit dem Teufel – und man gehört nicht mehr zu den Gefangenen und Gejagten, sondern zu den Siegern und Verfolgern."[9] So habe auch ich jene Epoche erlebt und wünsche mir, dass viele Menschen der Enkelgeneration aus solchen Büchern begreifen lernen, wie ihre Großeltern zur Flucht in Illusionen (statt ins Ausland) veranlasst wurden. Deren Verhalten den Juden gegenüber in jener Zeit wird damit nicht entschuldigt, aber es werden „mildernde Umstände" erkennbar. Diese Umstände reichen vom KZ-Angst-geprägten Opportunismus des überleben wollenden Bürgers bis zum qualvollen Schweigen des Diplomatenpapstes Pius XII.

Nach der Lektüre von Haffners Buch überkam den Zeitzeugen wieder die Angst, dass solche Situationen sich in Zukunft wiederholen könnten. Es beunruhigen ihn Symptome wie Politikverdrossenheit, geringe Wahlbeteiligung, gewalttätiger Rechtsextremismus. Vergessen wir nach der Geschichte des 20. Jahrhunderts, dass Politik immer auch unser privates Schicksal war und ist? Mischen sich die Bürger genug ein? Machtanhäufungen in Politik und Wirtschaft korrumpieren ihre Inhaber bei zu langer Dauer und sind nur durch rechtzeitiges Abwählen der jeweiligen Machthaber zu verhindern. (Bis vor dreißig Jahren war ich wie die Mehrzahl meiner Generation ein treuer „Lagerwähler". Seither bin ich „Wechselwähler".)

Aber was hat das alles mit meiner Beantwortung der dritten Frage zu tun? Nur als wehrhafter Demokrat kann man Diktatoren wie Hitler, Stalin, Milošević u. a. und so genannte „ethnische Säuberungen" (ein neuer Name für Völkermord) verhindern. Deshalb ist mir auch die nüchterne Demokratie-Definition von Winston Churchill so wichtig, dass ich sie für alle Leser nochmals ins Gedächtnis rufen will:

„Many forms of government have been tried, and will be

tried in this world of sin and woe. Democracy is the worst form of government except all those other forms, that have been tried from time to time.“[10]

## 4. Sind Sie dafür oder dagegen, dass heute wie 1900 Juden aus dem Osten nach Deutschland und Österreich einwandern?

Nach allem, was ich auf die zweite Frage geantwortet habe, bin ich folgerichtig für eine neuerliche Einwanderung von Juden nach Mitteleuropa. In einigen Generationen werden diese „Gäste“ (*Xenox*, griech., Gast und Fremder) Einheimische sein und ein unverzichtbarer Teil unserer Kultur wie um 1900. Der aus Wien stammende britisch-jüdische Literaturwissenschafter Georges Steiner hat die Juden ein „tief verworrenes Volk“ genannt.[11] Warum? Weil das In-Frage-Stellen, also Kritik und Selbstkritik, traditionell ein Hauptbestandteil jüdischen Denkens ist. Dadurch sind uns die Juden unbequem. Ja, die Juden gehen uns auf die Nerven; wegen ihres Talents zu bohrenden Fragen, wegen ihres andauernden Erinnerns, wegen ihrer Nobelpreisträger und ihrer Literaturpäpste. Die *leid*geprüften Juden sollen uns *neid*geprüften Nichtjuden auf die Nerven gehen, als eine in Jahrhunderten bewährte kulturelle Ergänzung. (Das ist die Kurzfassung meiner heutigen Einstellung zu den Juden.) Ein konkretes Beispiel: Michel Friedman, Vizepräsident im Zentralrat der Juden in Deutschland, geht nicht nur mir auf die Nerven. Aber wenige bringen mich so zum kritischen, politischen Mitdenken wie er. (Nicht nur im hessischen Fernsehen; Vorsicht Friedman.)

Eine Bestätigung dieser provokanten Äußerungen erfuhr ich

zu meiner Überraschung durch ein Buch, das ich mir wegen positiver Zeitungsrezension noch vor Jahresende 2000 gekauft hatte: Elke Vera Kotowski, *Feindliche Dioskuren. Das Scheitern einer Jugendfreundschaft zwischen Theodor Lessing und Ludwig Klages.*[12]

Aus diesen Biografien von dem stets unzeitgemäßen Juden Theodor Lessing und seinem deutsch-völkischen Jugendfreund Ludwig Klages, dem Widersacher des Geistes, habe ich viel über den antisemitischen Zeitgeist des deutschen Kaiserreiches und damit über die Wurzeln des NS-Gedankenguts gelernt. Als in meinen Augen bezeichnendes Beispiel möchte ich hier ein Wortspiel zitieren, durch das Theodor Lessing in einem Hindenburg-Porträt im Hannover'schen *Kurier* vom 25. Mai 1925 tödlichen Hass auf sich geladen hat. (Er ist am 27. August 1933 in Prag von sudetendeutschen Nationalsozialisten ermordet worden.)

Aus heutiger Sicht war jenes Wortspiel geradezu prophetisch, aus damaliger Sicht kam die Aussage einer auch für Deutschnationale unerträglichen Beleidigung ihres deutschen Idols gleich: Hindenburg. Lessing hatte nämlich am Ende seines Artikels geschrieben:

„Nach Plato sollen die Philosophen Führer des Volkes sein. Ein Philosoph würde mit Hindenburg nun eben nicht den Thronstuhl besteigen. Nur ein repräsentatives Symbol, ein Fragezeichen, ein Zero. Man kann sagen: Besser ein Zero als ein Nero. Leider zeigt die Geschichte, dass hinter einem Zero immer ein künftiger Nero verborgen steht."[13]

Noch ein Beispiel, aus einem Brief von Klages an Lessing vom Februar 1893:

„Du übtest Kritik selbst noch im Dichten, – ich dichtete selbst noch im Kritisieren."

Ist da nicht in einem Satz der fruchtbare Unterschied von zwei Denkweisen herausgestellt, die einander als Ergänzung brauchen?

Was ist eigentlich „jüdischer Selbsthass", eine Bezeichnung, die Theodor Lessing geprägt haben soll? (Ich meinte, dass sie von Otto Weininger stammt.) Ist „Selbsthass" nicht eine zeitweilige Anwandlung, die jeder kennt, der mit sich ins Gericht geht? Aber sie betrifft natürlich elitäre, neidbedrohte Minderheiten eher als die durch Traditionen und Alltagsgewohnheiten beruhigten, sich deshalb kaum in Frage stellenden Mehrheiten.

Durch die Lebensbeschreibung von Theodor Lessing ist mir verständlich geworden, warum um 1900 selbstkritische Juden Zionisten und oft auch radikale Sozialisten geworden sind, eben auf der Suche nach einer besseren Welt. Nicht verständlich ist mir geworden, wie Ludwig Klages zu seinem skurrilen germanischen „Blut-Besonderheits-Glauben" mit Begriffen wie „Blutleuchte" kam. Er hat durch seine antisemitische Ideologie den Holocaust mit vorbereitet. „Ans Herz des Lebens schlich der Marder Juda." (Klages) Solche primitiven Pauschalverdächtigungen führen konsequent zu „Juda verrecke!".

Wann und wie ist der verhängnisvolle Gedankenschritt zur Unmenschlichkeit im Denken und Fühlen nicht nur von Ludwig Klages möglich geworden? Und wird eine so verheerende Kurzschlussideologie künftig in Europa wieder möglich werden? Ob diese Frage Menschen der nachfolgenden Generationen so auf der Seele brennt wie mir? Ist es nur die Folge meines Wunschdenkens von einer möglichen „deutsch-jüdischen Symbiose", wenn ich nach der Lektüre dieses lesenswerten Buches fest überzeugt bin, dass unter den ganz anderen Bedingungen des 21. Jahrhunderts und nach den Erfahrungen des 20. Jahrhunderts eine solche deutsch-jüdische Jugendfreundschaft nicht mehr scheitern muss?

Juden hören nicht gern, wenn von ihnen als „Salz der Erde" die Rede ist, weil die Vorstellung vom „Versalzen" ja nahe liegt. Ich benütze dieses Bild mit dem Wissen um seinen Nutzen und seine Gefahren. 1948 hat man weltweit von der „Assimilation" der Juden an die übrige Bevölkerung gesprochen. Seit es den Staat Israel gibt, hat sich das wesentlich geändert. Ein neues Selbstverständnis auch der Juden in der Diaspora ist möglich geworden. Jetzt ist „Integration" angesagt als selbstbewusster, gleichwertiger Teil der jeweiligen „Willens-Nation" – ohne Verleugnung der Herkunft. Das gilt heute für Juden in gleicher Weise wie z. B. für Türken in Mitteleuropa. Damit ist aber auch ein Lernprozess für Nichtjuden notwendig geworden.

Eine weitere persönliche Einsicht: Ein „normales", d. h. wenig belastetes Zusammenleben zwischen Juden und Nichtjuden in Mitteleuropa wird wohl erst in zwei bis drei Generationen, also in etwa 100 Jahren möglich sein. Da mache ich mir als Angehöriger der Opfer- und Tätergeneration keine Illusionen. Auch für die Enkel sind die jeweiligen Erinnerungen und „Sozialisationen" zu unterschiedlich und belastend. An einem sicher nicht nur mir typisch scheinenden Symptom möchte ich diese schmerzliche Einsicht deutlich machen, nämlich an der Kontroverse zwischen Ignatz Bubis und Martin Walser nach dessen Rede in der Frankfurter Paulskirche 1998. Ich bilde mir ein, dass ich mich damals sowohl in das Denken und Erinnern von Bubis als auch von Walser einfühlen konnte. (Vielleicht, weil meine Frau einen jüdischen Wiener Großvater und ich einen deutschnational gesinnten Münchner Vater hatte.) Aber wieviele Nichtjuden können und wollen sich heute noch in Ignatz Bubis hineindenken und wie viele Juden gar in Martin

Walser? Diese noch andauernde Fremdheit war doch an der Reaktion des Zentralrats der Juden in Deutschland zu erkennen, als Martin Walser im Herbst 2000 einen Preis für „das unerschrockene Wort“ von der Stadt Halle bekommen sollte. Vor zwei Jahren hatte ich begierig Zeitungsartikel zur Kontroverse Bubis-Walser gesammelt und sie im Herbst 2000 wieder gelesen. Mit welchem Ergebnis? Mit dem Erkennen, dass jene Diskussionen unbedingt wieder aufgenommen und gerade jetzt offen fortgesetzt werden sollten. Die alte Volksweisheit gilt noch immer: Durch Reden kommen Leute zusammen. Wir brauchen eine *ehrliche* Debatte zu der Thematik „Juden und wir“, zu den Ursachen des Antisemitismus, zu politischer Identität und über den Begriff „Nation“, gestern, heute, morgen.

Für einen noch immer nach Erklärungen suchenden Mitteleuropäer war die Lektüre der Dokumentation *Die Walser-Bubis-Debatte*, herausgegeben von Frank Schirrmacher im Suhrkamp Verlag, sehr spannend. Da ist mir im Januar 2001 nochmals deutlich geworden, wie wenig die Unterschiede in den Sozialisationen von Juden und Nichtjuden heute überwunden sind, ja sogar überwunden sein können.

Ein Wiener Freund meiner Generation, dem ich die ersten Entwürfe meines Beitrages geschickt hatte, meinte, dass unser Thema heißen sollte: „Das Jüdische und wir, heute“. Ein solcher Vorschlag scheint auch mir eine konsequente Weiterführung unserer fünf Fragen. Es könnte damit erreicht werden, dass nichtjüdische Mitteleuropäer nicht nur über den Anteil des Jüdischen im bisherigen Geistesleben Europas nachdächten, sondern auch über den Anteil des jüdischen Elements in unserer Identität im Gefolge vieler so genannter „Mischehen“ in der Vergangenheit. Auf Stichworte verkürzte Andeutungen habe ich in meiner Antwort auf die vierte Frage schon gemacht. Aber je mehr ich nachdenke, spüre ich doch, dass meine Generation durch unser Erleben der Nazi-Zeit befangen ist. Wir neigen dazu, im Positiven (siehe Semitophilie) zu übertreiben oder im Unterbewussten alte Vorurteile nicht richtig aufzuarbeiten. Hier sind deshalb die nächsten Generationen gefragt und zwar mit Wortmeldungen sowohl von Juden als auch von Nichtjuden. Diese müssten auch entscheiden, ob hier etwa Missverständnisse einer rassistischen „Auf-Judung" à la „Aufnordung" der Nazis nahelägen. Aber nun wage ich doch als Zusammenfassung eine Provokation mit einem heute umstrittenen Reizwort der politischen Diskussion: Vor 100 Jahren war das „Jüdische" ein, wenn auch von manchen widerwillig akzeptierter, Bestandteil der Berliner und Wiener „Leit-Kultur". Dass dies 150 Jahre später wieder so sei, allerdings geschichtlich-menschlich gereifter, das ist mein Wunsch und meine Hoffnung.[14]

## 5. Wie denken Sie über Israel?

Für alle nichtjüdischen Mitteleuropäer ist diese Frage zu einer Art Gretchenfrage bezüglich unserer Einstellung zum Judentum überhaupt geworden. Im Sommer 2001, in dem diese Antwort zu Papier gebracht wurde, scheint es besonders schwierig, ein vom aktuellen Geschehen im Nahen Osten wenig beeinflusstes, subjektives Urteil zu formulieren. Aber vielleicht ist gerade diese Zeit eine besondere Herausforderung, von der Tagespolitik weg und in größeren Zusammenhängen zu denken.

Durch die Gründung des Judenstaates Israel im Jahre 1948 ist ein Wunschtraum des Wieners Theodor Herzl, Begründer des Zionismus, in Erfüllung gegangen. Darf sich ein österreichischer oder deutscher Nichtjude auch als „Zionist" bekennen, d. h. aus politisch-historischer Einsicht die Notwendigkeit eines jüdischen Staates bejahen, und sich gleichzeitig jüdische Mitbürger in Mitteleuropa wünschen?

Noch bevor ich auf eigene Eindrücke in Israel zu sprechen komme, muss ich doch auf eine theoretische Überlegung eingehen. Es „drängt" sich mir bei meiner Einsicht „auf", dass unser bisheriges „Nationalstaatsdenken" überholt sei. Braucht auch der Zionismus für das 21. Jahrhundert eine neue Theorie? Herzls Idee vom Judenstaat ist doch vom Nationalstaat des 19. Jahrhunderts ausgegangen. Deshalb führt Israel heute noch jene Kriege, die Europa im 20. Jahrhundert geführt hat. Wir Europäer sind nun endlich für die europäische Union mühsam reif geworden. Wie müsste ein Pendant dazu im Nahen Osten aussehen? Und gehen nicht allen wesentlichen politischen Entwicklungen auch Utopien voraus wie z. B. die einst viel verlachte Paneuropa-Idee von Richard Coudenhove-Kalergi? Solche Fragen zu stellen ist doch das Recht eines alten Europäers. Den Mut zu dieser frechen Einmischung in die zionistische Ideologie habe ich bekommen, als ich den Aufsatz über *Die Theoriefähigkeit des Alters* von Odo Marquard gelesen hatte.[15]

Aber unabhängig von wichtigen Überlegungen zu einer künftigen postnationalen Philosophie des Zionismus (Lamartine: „Die Philosophie liefert die Ideen, die Politik verwirklicht sie.") darf gerade ein semitophiler Mitteleuropäer aus der Opfer- und Tätergeneration der Holocaust-Epoche einer Stellungnahme zur konkreten Situation Israels im Sommer 2001 nicht ausweichen. Es erschreckt mich die Eskalation von Gewalt, von so genanntem Terror und Gegenterror, die jeden Friedensversuch zu ersticken drohen; es erschreckt mich die offizielle Wortschöpfung „präventive Liquidierung" verdächtiger Palästinenser, wie ich sie von Naziverbrechern noch im Ohr habe; es erschreckt mich, dass Amnesty International Fälle von „legalem Rassismus“ in Israel nachgewiesen zu haben glaubt; es erschreckt mich, dass nur eine Minderheit der Israelis zu erkennen scheint, dass eine jüdische Demokratie (die mir imponiert) nicht gleichzeitig mit Apartheid, also mit Besatzung der Palästinenser, auf Dauer durchzuhalten ist (so wenig wie in Südafrika). Im Zusammenhang mit der World Conference against Racisme, Racial Discrimination Xenophobia and Related Intolerance (WCAR) in Dunbar, Südafrika, wurden sogar unangemessene Slogans laut wie „Zionismus ist Rassismus“.

Aufgrund meiner Freundschaften in Israel habe ich das Land mehrfach besuchen und kennen lernen können. Seither bewundere ich die Leistung der israelischen Gesellschaft, in nur fünfzig Jahren Einwanderer aus so unterschiedlichen Herkunftsländern zu integrieren. Ist da nur eine neue Heimatgeborgenheit nach Jahrhunderten der Zerstreuung in der Diaspora geleistet worden?

Ich habe in Israel aber auch eine tief gehende Fremdheit zwischen den Säkularen und den Ultra-Religiösen gespürt. Als einer, der in seiner Jugend die Schein-Geborgenheit fundamentalistischen Denkens in seinem Katholizismus erlebt hat, meine ich sogar, die abgekapselte Eigenwelt der jüdischen Frommen besser nachempfinden zu können als ein Ungläubiger. Aber die Toleranz der Säkularen, etwa in Jerusalem, gegenüber den Orthodoxen als Nachbarn, war mir oft Anlass zum Staunen, ja zur Bewunderung. Warum ist die Haltung vieler Israelis den Palästinensern gegenüber so anders und schwierig? Hätten Freud und die Psychoanalyse dafür eine Erklärung als Reaktion nach dem 2000 Jahre langen Leiden in der Diaspora? An zwei Episoden mit jüdischen und palästinensischen Taxifahrern will ich die mehr als schwierige Situation auch Lesern, die nie in Israel waren, verständlich zu machen versuchen: Ein russisch-jüdischer Taxifahrer in Frankfurt am Main hat mir auf die Frage, warum er nicht in Israel, sondern in Deutschland lebe, geantwortet: „Viele Juden in Israel sind mir zu faschistisch." Auch manche Europäer – nicht nur meiner Generation – neigen zu ähnlichen Urteilen, gerade weil wir meinen, den völkischen Nationalismus bei uns endlich überwunden zu haben. Die Palästinenser sind in ihrer Apartheid-Situation natürlich auch Chauvinisten. Als ich vor etwa zwanzig Jahren von einem palästinensischen Taxifahrer von Jerusalem nach Tel Aviv gebracht wurde, erzählte er mir während der Fahrt immer wieder von palästinensischen Dörfern, deren Bewohner vertrieben worden waren. „Wo sind diese Menschen jetzt?" – „In Lagern." – „Die Deutschen haben wie ihr [die Palästinenser] auch einen Krieg verloren. Aber die vertriebenen Sudetendeutschen und Polendeutschen sind nicht in Lager gepfercht worden", erwiderte ich, „sonst hätten wir heute noch Kriegsstimmung in Mitteleuropa. Sie wurden in Deutschland und Österreich voll integriert. War das in den arabischen Nachbarländern, z. B. in Jordanien, unmöglich?" Ich vermute, es war tatsächlich unmöglich. So bleibt das Palästinenser Flüchtlingsproblem wie das Problem der jüdischen Siedler und der Status Jerusalems eine noch ungelöste Aufgabe. Muss Israel gerade nach dem Herbst 2000 nicht wie Europa schmerzlich lernen, dass ein Nationalstaatdenken alter Art heute überholt ist? Ich wage als Europäer eine solche Einmischungsfrage nur, weil ich mich mit weitblickenden Israelis und Palästinensern einig weiß.[16] Als semitophil gewordener Zeitzeuge einer schlimmen Epoche träume ich davon, dass Israelis und Palästinenser einmal gemeinsam einen binationalen Modell-Staat der Zukunft bauen. Aber so etwas niederzuschreiben, klingt im Sommer 2001 wie Hohn auf die Wirklichkeit. Das ist eine Vision für übermorgen, nicht für morgen. Meine

Generation hat sich vor sechzig Jahren das Europa von heute auch nicht vorstellen können.

Ausgerechnet im Sommer 2001 mit seiner scheinbar hoffnungslosen Aufeinanderfolge von Terror und Gegenterror im Nahen Osten entdeckte ich in der Zeitschrift *Lettre International*,[17] dass meine Visionen der Hoffnung auch von einem einschlägig erfahrenen jüdischen Publizisten geteilt werden, von dem Schweden Göran Rosenberg. Er zitiert den ehemaligen israelischen Außenminister Abba Eban, der vor langer Zeit in *The Jewish Observer and Middle East Rewiew* (1964) schrieb: „Das Schicksal dieser Region liegt in einer pluralistischen Interaktion Asiens, Europas und Afrikas sowie des Judentums, des Christentums und des Islams."[18] Nissim Rejwan zieht daraus den logischen Schluss: „In einem pluralistischen Mittleren Osten – in dem Asien, Europa und Afrika, das Judentum, das Christentum und der Islam frei miteinander verkehren – sind auch die Israelis aufgefordert, ihr Land nicht länger ausschließlich aus jüdischer Sicht zu betrachten."[19]

Übrigens: Bis zum Jahr 2050 wird die jüdische Bevölkerung im israelischen Kernland nur noch eine knappe Mehrheit von 60 Prozent darstellen (*Jerusalem Report* vom 3. Januar 2000 und *Le Monde* vom 8. Februar 2001).

„Es ist also Zeit, neue Visionen zu entwickeln, wie die langfristige Existenz einer unabhängigen jüdischen politischen Gemeinschaft innerhalb der Region Israel – Palästina gesichert und gestaltet werden kann. Diese Visionen müssen die eigentliche Herausforderung annehmen und auf transnationaler Partnerschaft und Teilung der Macht gründen, nicht auf dem falschen Traum von Separation und Beherrschung. Die eigentlichen Herausforderungen stehen Israel noch bevor." (Göran Rosenberg, Stockholm, *Lettre International* 53/2001)

# Nachwort

Meine Antworten auf die fünf selbstgestellten Fragen wollen wohl auch der bekenntnishafte Versuch einer individuellen „Wiedergutmachung" sein. Sie sind von einem alten Mitteleuropäer niedergeschrieben, der sich mitverantwortlich fühlt für vieles, was Juden angetan worden ist. Ich war von Jugend an ein überzeugter Gegner des Nationalsozialismus und gleichzeitig während des Zweiten Weltkriegs ein „pflichtbewusster" deutscher Soldat (Militärarzt). Wie konnte ein solcher Spagat, also eine Art „Opportunismus wider Willen" geleistet werden? Rückschauend bin ich heute mit mir noch immer nicht im Reinen, vor allem wenn ich an den geleisteten echten Widerstand denke, z. B. an den des Wiener Feldwebels Schmid, der sich für seine Ablehnung der Judenmorde bewusst hinrichten ließ. (Aber nicht in Wien, sondern in Kiel ist eine Kaserne nach ihm benannt worden.)

Ob Nachgeborene ein solches Dilemma einer Generation noch nachempfinden können?

Vielleicht durch die drei Episoden am Ende dieses Nachworts.

Trotz meines Zweifelns hoffe ich, dass ein Nachdenken, auch über die fünf Fragen, den Spätergeborenen bessere eigene „Identitätsfindungen" ermöglichen wird.

Im Laufe meines langen Lebens im schlimmen 20. Jahrhundert ist in einem nicht immer bequemen Lernprozess meine politische Identität allmählich gereift. Ich bin geworden: ein kritischer Tiroler, ein gelernter Österreicher, ein aufgeklärter Deutscher, ein überzeugter Europäer, ein demokratischer Weltbürger.

In diesem Sinne hat sich meine Einstellung zu den Juden positiv gewandelt. Und so fantasiere ich, dass eine radikal offene Diskussion – auch meiner fünf Fragen – in Gang kommt, in deren Folge auch Juden in Mitteleuropa die Gewissheit gewinnen: *Wir spüren, dass man uns will.*

Meinen Antwortversuch der fünf Fragen in etwa elf allmählich „gereiften" Entwürfen habe ich an zahlreiche Bekannte dreier Generationen verschickt, weil ich auf deren spontane Reaktionen neugierig war. Wie zu erwarten, entsprachen im Jahr 2000, also erst ein halbes Jahrhundert nach dem Holocaust, die Reaktionen in Deutschland und Österreich der gesamten „Bandbreite": einerseits Dankbarkeit für das Aufgreifen eines lange tabuisierten publizistischen Themas und Ermutigung für mich, andererseits auch Gesten des Wegschauenwollens, des Verdrängen- und Vergessenwollens, kurz, des Desinteresses. „Hört doch endlich auf mit diesem quälenden Erinnern!"

Dazu ein konkretes Beispiel, das mir Mut gemacht hat: Einer Nichte von mir, mit der ich wegen ihres nationalsozialistisch gesinnten Vaters aus vermeintlichem Taktgefühl alle politischen Gesprächsthemen bisher vermieden hatte, habe ich meinen Antwortversuch zugeschickt. Ich bekam ein Fax: „Lieber Onkel Max, habe mich über deine Zusendung sehr gefreut. Du sprichst mir in vielen Dingen aus der Seele. Gerne möchte ich mit dir über das alles reden." Sie kam von weit angereist, und wir hatten mich beglückende Gespräche. Könnte sich das nicht öfter ereignen? Nur wenige Adressaten haben sich die Mühe gemacht, die Fragen selber schriftlich zu beantworten. Manche haben nur angerufen, um einer Höflichkeitspflicht zu genügen. Angehörige der Enkelgeneration reden sich ein, dass der Holocaust schon so sehr „Geschichte" wäre wie etwa die Französische Revolution. Diese mir verständliche Mauer der inneren Abwehr zu überwinden und dafür die richtig dosierten Methoden anzuwenden, steht uns noch als Aufgabe bevor. Können die Mitteleuropäer über ihre „Ur-Befangenheit" nur *schweigen*, wie Claus Koch einmal geschrieben hat?[20] Gibt es da nichts zu teilen, um die Last (auf beiden Seiten) zu erleichtern? Erübrigten sich demnach Gesprächsversuche zwischen Juden und Nichtjuden und eine Initiative wie die unseres Büchleins? Dass es auch andere Möglichkeiten gibt als die von Claus Koch Genannte, hat der Israeli Dan Bar-On bewiesen. Seit Anfang der neunziger Jahre treffen sich in der TRT-Gruppe (To Reflect and Trust) Kinder von Holocaust-Überlebenden und Nachfahren von Nazi-Tätern.[21]

Natürlich meinen wir, dass gerade jetzt die Zeit reif wäre, eine ehrliche, offene Diskussion zu allen hier gestellten Fragen (und vielen Weiteren) zu beginnen. Wir Autoren aus drei Generationen hoffen, dass sich europaweit Zeitungen finden mögen, die ihre Leserbriefseiten für engagierte Beantworter solch brennender Fragen öffneten.

Noch eine Schlussbemerkung, die zur fünften Frage wie zum gesamten Beitrag gehört.

Der 11. September hat auch die Sicht eines 86-Jährigen auf Israel und auf seine Zeit verändert. Das ist mir im Abstand von drei Monaten, also vor Jahresende 2001, besonders bewusst geworden.

Die furchtbaren, raffinierten, aber sicher nicht feigen Anschläge auf Manhattan und das Pentagon haben nicht nur die USA, sondern uns alle gedemütigt, indem sie uns die Zerbrechlichkeit der westlichen, technischen Zivilisation vor Augen führten. Sie zwingen uns alle zum Nachdenken, welcher Wertegemeinschaft wir angehören. Sie haben aber auch viele Konsequenzen der so genannten Globalisierung deutlicher gemacht. Innerhalb von Stunden, ja Minuten, wird jedes politische und kulturelle Geschehen potenziell in der ganzen Welt bekannt. Das ist wohl mit dem Ausdruck *Global Village* gemeint. Durch die Medien, aber nicht nur durch sie, ist alle Politik in der Welt zu einer Welt-Innenpolitik geworden. Damit hat der 11. September 2001 auch die Konfliktsituation zwischen Israel und Palästina in einem neuen Licht erscheinen lassen. Gibt es nicht auch einen innerisraelischen Konflikt, der den Weltkonflikt der Wertegemeinschaften widerspiegelt? Die Begegnung aller Kulturen ist aktueller denn je (ob als *clash* oder als Dialog.) Zugespitzt ist diese Begegnung die Konfrontation der Fundamentalisten aller Religionen auf der einen Seite und der offen oder verdeckt säkularen, liberal denkenden Menschen auf der anderen Seite. In meinen Augen entspricht diese weltweite Situation aber jener Spannung, die ich schon seit Jahrzehnten (symbolisch) zwischen Tel Aviv und Jerusalem zu spüren vermeine. – Ist das nicht wieder ein Beispiel dafür, dass Juden vielfach „Seismografen" für kulturelle Erdbeben waren?

Natürlich weise ich da nur auf einen seit dem 11. September auffälligen Aspekt des Nahost-Konflikts hin, von einem anderen muss auch noch die Rede sein.

Ein Mitteleuropäer, der noch ein machtgieriges „Groß-Deutschland" à la Hitler erlebt und überlebt hat, verspürt beim Begriff Erez Israel („Groß-Israel"?), von dem nicht nur fundamentalistische Juden zu träumen scheinen, ambivalente Gefühle und Einsichten. Einerseits versteht er beim Betrachten der Landkarte Israels und der Autonomiegebiete in Gaza und Westjordanland mit den vielen Siedlungen von unvermeidlich fanatischen Juden, warum viele Israelis den mir einleuchtenden Mitchell-Plan ablehnen, einen Bürgerkrieg unter den Palästinensern erwarten und nach dem Holocaust nur noch sich selber gegen die Vertreibung ins Meer (Ziel der Hamas u. a.) verteidigen wollen. Andererseits weiß er aus eigener schmerzlicher politischer Erfahrung, wohin die Ablehnung von Kompromissen führt, nämlich zu Erstarrung, zu vielen Toten, zu Flächenbränden usw., woraus nur andere Mächte, in diesem Fall die Vereinigten Staaten von Amerika, herausführen können. Aber da stellt sich eine neue Frage: Müssten in einer Zeit, in der amerikanische Juden fragen, ob sie in einer *Nach*-Holocaust-Epoche leben oder gar in einer *Vor*-Holocaust-Epoche,[22] nicht gerade alte Mitteleuropäer ein besonderes Verständnis für die schwierige psychologische Situation aller Juden aufbringen und ihnen mit mehr Geduld und Einfühlungsvermögen zu helfen suchen, aus ihrem Teufelskreis von Opfer *und* Täter herauszufinden? Heute erwartet die nichtjüdische Welt übermenschlich viel von den Juden, nämlich, dass sie gerade wegen ihrer Jahrtausende alten so leidvollen Geschichte den Mut zur Vision einer ganz anderen, *post*-nationalen Zukunft ihres Volkes aufbringen. Israel konnte es in den ersten Jahrzehnten nur um die gesicherte Entwicklung in einer feindlichen, weil eroberten Umwelt gehen. Diese Phase ist seit dem 11. September 2001 aus vielen Gründen, auf die ich hier nicht eingehen kann, vorbei. Auf die Dauer kann Terror nicht mit Gegenterror (Rache und Vergeltung) allein bekämpft werden. Ein solches Verhalten einiger – nicht aller – israelischer Politiker kann deshalb als „faschistoid" bezeichnet werden. Von manchem Mitteleuropäer meiner Generation wird dieses Verhalten auch als „Entlastung" für die eigenen Scham- und Schuldgefühle empfunden, etwa nach dem Muster unserer Erfahrung: In vermeintlich bedrohlichen Situationen ist fast immer eine Mehrheit der Betroffenen zu brutalen Reaktionen verführbar. Israel wird aus der durch historische Umstände bedingten Rolle des *Besatzers* zur Rolle des *Helfers* für Palästina einen Weg finden, so wenig deutlich dieser heute erscheinen mag. Worauf stützt sich diese Hoffnung? Auf die Erfahrung meiner Generation: Wir Europäer haben uns vor sechzig Jahren, also vor Kriegsende, unsere heutige Situation in der Europa-Union auch nicht vorstellen können.

Aber dann erst werden Juden in aller Welt mit einem stolzen Zugehörigkeitsgefühl und -bewusstsein zu Israel selbstbewusste, nicht nur assimilierte, sondern wirklich integrierte Staatsbürger ihrer Länder werden. Das ist der Wunschtraum eines mühsam zum post-nationalen, semitophilen und wehrhaften Demokraten gereiften Mitteleuropäers.

Dieses Nachwort möchte ich mit meiner Erinnerung an drei Kriegsepisoden abschließen, weil ich meine, dass sie auch den Enkeln der Täter- und Opfergeneration nahe bringen können, wie selbst Regimegegner in einer Diktatur nur schlecht und recht als Opportunisten überleben. Damit wird die Scham und unsere Verantwortung den Juden gegenüber nicht geringer, aber damals mögliche Situationen werden vielleicht verständlicher.

Für die Korrektheit der Zitate kann ich mich verbürgen, da ich sie frühzeitig aufgezeichnet habe.[23]

*1. Episode*

Während des Polarwinters 1941/42 in der Tundra der Eismeerfront habe ich eines Tages einen Leutnant einer Panzerabwehrkompanie der 6. Gebirgsdivision getroffen, der sich als juristischer Studienkollege aus dem Jahr 1935 in Innsbruck entpuppte und dem ich seit jener Zeit nicht mehr begegnet war. Damals war er ähnlich wie ich fundamentalistisch katholisch und Antinazi gewesen, und jetzt tastete jeder den anderen während dieses unerwarteten Wiedersehens in einem Tundrazelt – 3000 km von der Heimat entfernt – im Gespräch ab, ob er wohl noch so gesinnt wäre wie fünf Jahre vorher. Sein Bekenntnis hat mir damals solchen Eindruck gemacht, dass ich es wörtlich wiedergeben kann: „Max, in meinem Gehirn, das heißt in meinen Einsichten, hat sich in diesen Jahren nichts geändert: Uns beherrscht eine geradezu teuflische Verbrecherbande. Aber als ich vor wenigen Monaten in Berlin aus dem Sportpalast herauskam, wo uns Hitler persönlich das Leutnantspatent ausgehändigt hat, hatte ich ein mir unbegreifliches Gefühl irgendwo im Bauch, das ich etwa so beschreiben möchte: Wenn ich jetzt falle, dann gibt das einen Sinn, den mein Hirn nicht begreift."

Eine Woche später ist er gefallen.

Oft habe ich seither gedacht, dass es sich hier vielleicht um ein Schlüsselerlebnis handelte, das einen Aspekt der Massenpsychose Hitlerismus beleuchten könnte. Ein israelischer Kollege und Freund aus Wien, mit dem ich darüber gesprochen habe, erzählte mir, dass er Mitte März 1938, als Hitler in Wien über die Ringstraße zum Heldenplatz fuhr, als Zuschauer ähnliche Empfindungen hatte wie die jubelnde Menge – obwohl er sich keine Minute lang Illusionen über sein künftiges Schicksal als Jude gemacht habe.

*2. Episode*

1943 bin ich in die internistische Abteilung eines großen Lazaretts in Lodz kommandiert worden. Aus diesen Monaten im besetzten Polen ist für mich folgendes Erlebnis bedeutsam:

Bei meiner ersten Fahrt durch das jüdische Ghetto in einem plombierten Straßenbahnwagen bin ich erstmals konkret mit der furchtbaren Realität der Judenverfolgung konfrontiert worden. Diese Fahrt werde ich aber auch wegen der Stimmung innerhalb des Trambahnwagens nicht vergessen. Sie war mehr als bedrückend. Auch von den Soldaten, die zwischen deutschen und polnischen Zivilisten standen, sprach keiner ein Wort, bis ein Obergefreiter plötzlich gepresst schrie: „Das alles kommt einmal über uns und unsere Kinder!" Keiner sah hin, kein Offizier oder Unteroffizier rührte sich, und im Stadtzentrum nachher stiegen die Leute aus, ohne sich nach dem Obergefreiten umzudrehen.

*3. Episode*
In derselben Stadt Lodz hatte ich 1944 jenes Kriegserlebnis, an das ich immer denken muss, wenn von Kollektivschuld, von Kolletivscham, von Kollektivhaftung die Rede ist. Im Frühsommer 1944 machte ich mit dem Dienstrang eines Oberarztes (Oberleutnants) im Alter von 28 Jahren in Urlaubsvertretung auch in der psychiatrischen Abteilung des Lazaretts Dienst. Dort meldete sich eines Tages ein junger SS-Untersturmführer (Leutnant) mit einem Oberscharführer (Unteroffizier): „Doktor, diesen Mann müssen Sie aufnehmen, er ist verrückt!" – „Was haben Sie für Symptome beobachtet?" – „Heute Morgen hätte er Juden liquidieren müssen, dabei hat er einem 14-jährigen Mädchen seine Maschinenpistole in die Hand gedrückt und gebeten, ihn zu erschießen."

In diesem Augenblick meiner ersten „offiziellen" Begegnung mit der furchtbarsten Realität jenes Krieges habe ich nicht aufgeschrien, sondern mich nur stumm und knieweich mit den beiden an einen Tisch gesetzt. Theoretisch hätte ich sogar einen Tatbericht an das Kriegsgericht machen und beide wegen des Verdachts von Kriegsrechtverstößen verhaften lassen müssen – theoretisch. Aber wie weit klaffen Theorie und Praxis in allen real existierenden totalitären Regimen auseinander! Ohne das Gespräch fortzusetzen, habe ich den scheinbar Verrückten stationär aufgenommen und ihm Schlafmittel verschrieben. Nach Kriegsende las ich den Satz des Philosophen Karl Jaspers: „Wir wissen, was uns zutiefst vor Gott demütigt, es ist unsere Schuld, dass wir noch leben." Ich habe diesen Satz für mich immer auf diese meine Stunde der Wahrheit bezogen. Erst zehn Jahre später in einem Gespräch mit Wiener Emigranten in Mexiko haben mir Juden verständlich gemacht, dass jener junge SS-Führer den Untergebenen retten wollte. Nach der in seiner Einheit geltenden Ehr- und Dienstauffassung hätte er ihn sofort erschießen müssen.

## Anmerkung

Im Sommer 2001 hatte ich Gelegenheit, zwei überzeugend bohrende Bücher zu lesen, auf die ich jene Leser hinweisen möchte, die an der Aufarbeitung von politischer Vergangenheit interessiert sind:

1. Erna Paris: *Vergangenheit verstehen. Zu Wahrheit, Lügen und Erinnerung.* Mir gefällt der Originaltitel besser: *Long shadows, Truth, Lies and History.*
2. Jan Philipp Reemtsma: *„Wie hätte ich mich verhalten?“ Und andere nicht nur deutsche Fragen.*

Anton Pelinka

# Nicht „die Judenfrage" – der Antisemitismus ist das Problem

## 1. Was sind die Juden in Ihren Augen – ein Volk, eine Religionsgemeinschaft, eine Rasse?

Ein Volk ist, was sich als Volk begreift. Eine Religionsgemeinschaft wird von denen definiert, die ihr angehören. Eine „Rasse" gibt es nicht – außer durch die gemeinsame Sichtweise derer, die eine solche „Rasse" sein wollen.

Daher ist – als erste Antwort – die Identität der Juden eine Sache der Juden und nicht in der Kompetenz derer, die von außen, durch freundliche oder weniger freundliche Zurufe, den Juden eine bestimmte Identität zuweisen wollen. Jude ist, wer Jude sein will. Ich als Nichtjude habe das zu respektieren, was Juden und Jüdinnen sein wollen; wie sie sich selbst bestimmen.

Doch diese Antwort ist zu „normativ": Sie geht von einer persönlichen Sichtweise darüber aus, wie es sein soll. Diese Sichtweise ist „korrekt": Niemand soll das Recht haben, Juden ihre Identität vorschreiben zu wollen.

In der Realität, die von der Geschichte und der Gegenwart des Antisemitismus geprägt ist, braucht diese normative Sicht eine Ergänzung – durch einen Blick auf die Realität; auf das, was ist. Auch wenn diese Sicht weit weniger „korrekt" ist. Dieser zweite Zugang führt zu einer empirischen Antwort: Wer Jude ist, das bestimmen die anderen.

„Der Jude ist der Mensch, den die anderen als solchen betrachten … Der Antisemit macht den Juden … Wir haben gesehen, dass … nicht der Charakter des Juden den Antisemitismus macht, sondern dass im Gegenteil der Antisemit den Juden schafft."[24]

Wer von „den Juden" spricht, muss zunächst vom Antisemitismus sprechen. Es gibt keine „Judenfrage", und es hat auch nie ein „Judenproblem" gegeben – es gibt aber das schreckliche, das erschreckende Problem des Antisemitismus.

Die Klarheit, mit der Jean Paul Sartre 1945 jüdische Identität benennt, macht jüdische Identität zum Modellfall von Identität überhaupt: Es ist Illusion, von der – moralisch, normativ begrüßenswerten – Vorstellung auszugehen, Menschen würden ihre Identität in Freiheit selbst bestimmen können. Es ist ebenso Illusion, von der – moralisch, normativ schrecklichen – Vorstellung auszugehen, Menschen würden ihre Identität „objektiv", angeboren, einfach übernehmen.

War Bruno Kreisky Jude? Im Diaspora-Museum von Tel Aviv hängt das Bild Kreiskys nicht neben dem Henry Kissingers, in der Reihe prominenter Juden jenseits der Grenzen Israels. Für den Staat Israel war Kreisky offenkundig kein Jude – jedenfalls keiner, mit dem sich der Staat Israel gerne geschmückt hätte. Für die Nationalsozialisten aber war Kreisky Jude. Deshalb musste er, um sein Leben zu retten, in das schwedische Exil. Gegenüber seiner Umwelt hatte Kreisky die jüdische Identität akzeptiert – aber nicht im Sinne einer daraus ableitbaren religiösen oder politischen Konsequenz. Kreisky war Jude, weil die anderen – die Nichtjuden – in ihm einen Juden sahen.

Identität wird gemacht – von der Gesellschaft. Identität wird sozial, wird politisch kreiert – unter mehr oder weniger deutlicher Berücksichtigung „objektiver" Kriterien (Sprache, Religion, Geschlecht, Generation, etc.), unter mehr oder weniger begrenzter Möglichkeit individueller Mitsprache.

Identität wird gemacht – die der Juden ebenso wie die der Inder, die der Frauen, die der Alten, die der Bauern. Identität ist daher auch immer in Fluss – weil sich die Rahmenbedingungen, von denen aus Identität gemacht wird, ebenso permanent ändern wie die politischen Kräfte, die Identität definieren.

Deshalb ist es möglich, dass „die Juden" gestern eine Religionsgemeinschaft und heute ein Volk sind; deshalb ist es möglich, dass es heute Menschen gibt, die sich als Juden im Sinne einer Religionsgemeinschaft definieren – und andere Juden, die sich als Juden im nationalen Sinne verstehen.

Identität wird gemacht. Am Beispiel der Juden ist das besonders deutlich: Denn sie sind in der Geschichte des christlichen Abendlandes die auffallendsten Opfer von Identitätszuschreibung, von Identitätsstiftung.

Die jüdische Identität ist der Prototyp für Identität schlechthin. „Der Jude" wird gemacht, damit er unterscheidbar wird. „Der Jude" muss anders sein, um das gesellschaftliche Bedürfnis nach Differenz zu befriedigen. „Der Jude" darf nicht einfach nur Mensch sein. Er wird an seinem – bloßen – Menschsein gehindert.

Damit ist „der Jude" Prototyp für den Menschen schlechthin. Die Gesellschaft erlaubt nicht, zunächst ausschließlich den Menschen zu sehen. Die Gesellschaft verlangt, dass sich der Mensch einteilen lässt – in Frauen und Männer, in Junge und Alte, in Juden und Nichtjuden. Und mit dieser Differenzierung ist immer auch, jedenfalls der Tendenz nach, etwas Negatives gemeint.

Ob Frauen eine Seele haben, darüber haben christliche Männer Jahrhunderte hindurch gestritten. Mit der Konsequenz, dass so für die Unterdrückung der Frauen ein ideologisches Beiwerk, eine theologische Rechtfertigung produziert wurde. Ob Juden als Gottesmörder nicht ein ewiges Kainsmal aufweisen, darüber wurde Jahrhunderte hindurch im christlichen Abendland parliert. Mit der Konsequenz, dass christliche Judenmörder eine Begründung für ihr Tun erhielten. Die Schaffung weiblicher Identität wurde zum Nachteil der Frauen, die Schaffung jüdischer Identität zum Nachteil der Juden.

Daran ändert nichts, dass – selbstverständlich – Frauen heute ebenso ihre Identität selbst zu bestimmen versuchen, wie das Juden für sich in Anspruch nehmen. Die Selbstzuschreibung von Identität gibt es, hat es immer gegeben. Aber die selbst gewählte Identität findet ihre Grenze in der Fremdzuschreibung. Und bei keiner anderen Identität ist dies so deutlich wie bei der jüdischen.

Hannah Arendt hat in ihrer Arbeit zu Rahel Varnhagen das Dilemma jüdischer Identität zwischen Selbst- und Fremdbestimmung auf den Punkt gebracht: Die jüdische Emanzipation befreite das (europäische) Judentum vom Zwang totaler Fremdzuschreibung. Die Emanzipation gab den Juden die Freiheit der Selbstbestimmung. Doch diese war von vornherein beschränkt – auf die Wahl zwischen einer nunmehr frei gewählten jüdischen Identität und der Trennung von dieser Identität; zwischen dem Verweilen im nunmehr nicht rechtlich, aber gesellschaftlich definierten Ghetto und der Anpassung an eine nichtjüdische Welt, in der die „Assimilanten" aber immer „Juden" bleiben würden; zwischen der Existenz isolierter Paria und der feindselig beobachteter Parvenus.

Wie steht es mit der Freiheit der Juden heute, ihre Identität selbst zu bestimmen?

Tom Friedman schreibt in seinem Buch *Von Beirut nach Jerusalem* von einem amerikanischen Juden, einem früheren Freund, den er in Israel trifft – als Einwanderer. Auf Friedmans erstaunte Frage, er, der Einwanderer, sei doch niemals religiös gewesen, antwortet dieser, Israel sei der einzige Platz der Welt, wo man Jude sein könne, ohne in die Synagoge gehen zu müssen.

In Israel ist man Jude, weil man – als Staatsbürger – kein (moslemischer oder christlicher) Araber ist. In den USA ist man Jude, weil man (oder frau) zur Synagoge geht. In Europa besteht jüdische Identität vor allem in der Herkunft aus dem Judentum – jenseits von Zionismus oder Antizionismus, jenseits von religiöser Praxis (oder deren Fehlen). Die Frage der Herkunft allerdings bestimmt auch die Akzeptanz in Israel, bestimmt auch die Zugehörigkeit zu einer Synagoge in den USA.

Die Geschichte des Antisemitismus, die in Auschwitz ihren logischen Endpunkt (aber nicht ihr Ende) gefunden hat, hat die Problematik der Identität am Beispiel jüdischer Identität auf den Punkt gebracht: Wir sind, was andere uns zuschreiben.

Den Juden schreiben die anderen zumeist negativ konnotierte Eigenschaften zu:

- Die „Raffsucht", Reflex einer vorkapitalistischen Zeit, in der das schmutzige Geschäft des Zinsnehmens den Juden zugeschoben wurde, die wiederum nicht Grund und Boden besitzen durften – Grundlage einer „anständigen" Existenz, die Christen vorbehalten war.
- Die „sexuelle Energie", Ausdruck eines machistischen Neidkomplexes, wobei den Fremden generell und den Juden speziell eine besondere Fähigkeit zugeschrieben wird, „uns" die „eigenen" Frauen wegzunehmen.
- Die „Feigheit", Folge des Ausschlusses der Juden von militärischen Funktionen – ein Vorurteil, das spätestens die Streitkräfte des Staates Israel, davor aber schon die Ghettokämpfer von Warschau zerstören hätten können.
- Die „talmudische Intellektualität", Affekt der an Bildung nicht oder wenig Interessierten, die sich von der auf Büchern bauenden Tradition jüdischer Gelehrsamkeit bloßgestellt sahen und sehen.
- Die „kosmopolitische Heimatlosigkeit", ein allen Nationalis-

men und dem offen antisemitischen Spätstalinismus eigenes Klischee, das aus der in Not geborenen Internationalität der Juden einen Vorwurf konstruiert.

Alle diese und andere Klischees haben gemeinsam, dass sie vom Antisemitismus erzwungene Verhaltensformen überzeichnen oder sie überhaupt erst konstruieren, um sie dann den Juden als „typisch jüdisch" vorhalten und negativ bewerten zu können. Der Antisemitismus schafft das „typisch Jüdische" – und nützt es dann, um den Judenhass zu begründen.

Antisemiten glauben zu wissen, was Juden auszeichnet; sie objektivieren ihre antijüdischen Vorurteile. Sie meinen, Juden und Jüdinnen erkennen zu können – an ihrem „Charakter", an ihrem Verhalten, an ihrer Körperlichkeit.

Max Frisch hat in *Andorra* diesen sozialen und politischen Prozess (jüdischer) Identitätsstiftung dramatisch zugespitzt: Andri ist „objektiv" kein Jude. Aber weil er – aus der Zufälligkeit der Umstände – für alle (mit Ausnahme seines Vaters) Jude ist, auch, weil er deshalb selbst an sein Judentum glaubt, wird er zum Juden: kulturell, in dem er die angeblich „typisch jüdischen" Verhaltensformen annimmt; und politisch, weil er in der von den Schlächtern veranstalteten biologistischen „Judenschau" als Jude „entlarvt" wird. Andri ist Jude – obwohl er keiner ist.

„Der Judenschauer … Der hat den Blick. Verlasst euch drauf! Der riecht's. Der sieht's am bloßen Gang, wenn einer über den Platz geht. Der sieht's an den Füßen."[25]

Der „Judenschauer" sieht und riecht, dass Andri Jude ist. Obwohl Andri „eigentlich" kein Jude ist. Doch der „Judenschauer" hat natürlich Recht: Der Antisemitismus hat aus dem Nichtjuden Andri einen Juden gemacht, lange vor der „Judenschau". Der Nichtjude Andri stirbt als Jude.

Der Jude wird verbrannt – das ist schon bei Lessing das Urteil über den Juden – unabhängig davon, was des Juden Motive, was seine Ethik, was seine persönliche Entscheidung sind. Der Jude ist schuldig, weil er Jude ist. Und ob er Jude ist, das bestimmen die anderen.

Wer will sich heute anmaßen, jüdische Identität zu definieren – außer für sich selbst?

## 2. Hat sich Ihre Einstellung zu den Juden im Laufe Ihres Lebens geändert?

Für mich gibt es heute nicht „die Juden". Ich kenne Jüdinnen und Juden, und die sind durch ihre Vielfalt, durch ihr eben nicht spezifisches Jüdisch-Sein charakterisiert. Das macht die Änderung meiner Einstellung aus – dass ich nicht „die" jüdische Identität sehe.

Tel Aviv, im Museum der Diaspora: Am Eingang werden Bilder von Jüdinnen und Juden gezeigt. Die überzeugende Botschaft: Ihr Judentum ist ihnen nicht ins Gesicht geschrieben. Im Museum: Das Modell einer chinesischen Synagoge – es folgt der traditionellen chinesischen Architektur. Judentum heißt Adaption.

Jerusalem, in der Altstadt: Israelische Militärpatrouillen, in den 1990er-Jahren. Häufig ist einer der jeweils in Dreier-Einheiten agierenden Soldaten ein „Schwarzer", ein Jude äthiopischer Herkunft. Und häufig findet sich unter den misstrauisch bis feindselig ihnen gegenüberstehenden (mehr ausweichenden) Palästinensern ebenfalls ein „Schwarzer", ein Araber, dessen Vorfahren aus Afrika nach Palästina gekommen sind – zumeist als Sklaven.

Heute gehe ich davon aus, dass ich von selbst nicht weiß, wer Jude oder Jüdin ist; dass ich aber weiß, wie sehr – angeblich –

Jüdisches immer nur Produkt einer zumeist antisemitischen Umwelt war und ist. Heute bin ich nicht mehr überrascht, wenn irgendein Antisemit meint, mich als „Juden" beschimpfen zu müssen. Soll ich ihm sagen, dass ich kein Jude bin? Soll ich ihn auf den „Ariernachweis" meiner Eltern aufmerksam machen? Soll ich ihm sagen, dass ich es gut finde, dass ich geehrt bin, wenn er in mir einen Juden sieht?

Juden, das waren – aus der Sicht des in der Nachkriegszeit bürgerlich-katholisch sozialisierten Wieners – ursprünglich „andere", jedenfalls nicht „wir". Und Juden waren von Anfang an, für mich, als Opfer definiert: als Opfer des Nationalsozialismus. Die (wenigen) Juden, die ich in dieser Zeit kennen lernte, waren Überlebende, bestimmt durch ihr mehr oder weniger zufälliges Existieren – gegen den Regelfall des Untergehens im Holocaust.

Mit wachsender Distanz zum sozialisierten „Wir"-Gefühl wurden „andere" positiv besetzt – so auch und vor allem die Juden. Die emotionale Erfahrung der Einmaligkeit des Holocaust und die Einsicht, dass alle anderen Träger von Opferrollen (Heimkehrer aus der Kriegsgefangenschaft, politische Häftlinge, Opfer des Bombenkrieges, „volksdeutsche" und später antikommunistische Flüchtlinge) zwar individuell ebenfalls bedauernswert, dass sie aber nicht im selben Maße als Opfer „auserwählt" waren, machten Juden ohne spezifisch jüdisches Zutun gleichsam sympathisch. Ich entwickelte ein positives Vorurteil gegenüber Juden.

Es war eine „reversed discrimination": Die Opfer der schlimmsten Form von Unrecht wurden aus ebendiesem Grunde a priori als „gut" wahrgenommen. Das unendlich Böse, das Juden erfahren hatten, tauchte sie – in meinen Augen – von vornherein in positives Licht.

Ich ging in die Falle des Philosemitismus. Rückblickend

meine ich, dass das weder schlimm noch tiefgehend war. Wahrscheinlich war es unvermeidlich – für einen 1941 geborenen Österreicher, der sich mit dem Nationalsozialismus auseinander setzt; für einen, der das, wofür die Chiffre „Auschwitz" steht, als entscheidende Erfahrung des 20. Jahrhunderts erkennt; für einen, der sich bis heute damit schwer tut zu erklären, warum dies möglich war.

Die Falle des Philosemitismus bedeutete, Juden von vornherein, nur weil sie Juden sind, eine Art Vorschuss zu geben – als „bessere" Denker und Künstler, „bessere" Forscher und Entdecker, ganz einfach als „bessere" Menschen. Das war eine wohl unausweichliche Reaktion bei allen, die 1945 und danach entsetzt erfuhren, was als Folge des Judenhasses möglich war; und die nicht verstehen konnten, was als Ursache dafür angeführt werden konnte.

Juden wurden zu a priori positiv besetzten Figuren. Dass z. B. Bruno Kreisky Jude war, dass der alltägliche Antisemitismus der fünfziger und sechziger Jahre ihn mit antisemitischen Klischees belegte, das alles machte mir Kreisky von vornherein sympathisch. Ich mochte ihn, weil er Jude war – auch und vor allem deshalb, weil viele ihn aus eben diesem Grunde nicht mochten.

Die Komplexität der jüdischen Identität, gerade auch am Beispiel Kreiskys, war natürlich viel größer, als dass sie sich mit dem historischen Opferstatus allein erklären ließe. Dass in den siebziger Jahren Kreisky als österreichischer Regierungschef ganz gezielt seine jüdische Identität ins Spiel brachte, um seine prinzipielle Kritik an der Politik des Staates Israel zu immunisieren, war nur eine Seite dieser Komplexität. Dass Kreisky 1975 Simon Wiesenthal attackierte und gegen ihn den früheren SS-Offizier Friedrich Peter verteidigte, obwohl Wiesenthal die Beteiligung von Peters SS-Einheit an Massenerschießungen nachgewiesen hatte, verstärkte diese Komplexität: Kreisky schien zu sagen, dass jedem anderen nun der Vorwurf des Antisemitismus gemacht worden, dass das aber bei ihm eben nicht möglich wäre, weil er Jude war.[26]

Kreiskys komplexe Identität war Teil der Faszination, die er gerade auf meine Generation ausübte. Kreisky und die Erfahrungen mit ihm halfen mit, meinen Philosemitismus zu korrigieren, weil ich ihn als reflexartige Antwort auf den Antisemitismus meiner Umgebung erkannte. Juden sind nicht „schlecht", nur weil sie Juden sind. Aber Juden sind – als Juden – auch nicht ganz einfach „gut".

Es war (und ist) ein wirksames Mittel gegen den Philosemitismus, sich mit der zunächst von Hannah Arendt in ihrer Arbeit über den Eichmann-Prozess thematisierten Problematik jüdischer Kollaboration im Holocaust zu befassen: mit den „Judenräten", den „Ältesten" in den Ghettos, mit den Angehörigen der Ghetto-Polizei, die alle auf der vorletzten Stufe des Holocaust mit den Massenmördern kooperierten. Die jüdischen Kollaborateure handelten aus den unterschiedlichsten Motiven: um das eigene Leben oder das ihrer Familie zu retten; um zumindest einigen (zumeist jungen) Jüdinnen und Juden ein Überleben zu ermöglichen; um sich persönlich zu bereichern; oder auch nur, um einem tief internalisierten Verständnis von „Ordnung" zu entsprechen.

Sie alle halfen letztlich niemandem – außer den Mördern in deutscher Uniform. Doch sie alle handelten, in ihrer Vielfalt, zutiefst „menschlich": Gerade in der schlimmsten aller Extremsituationen wird deutlich, dass sich jüdische Identität auflöst; dass sie zu einer allgemein menschlichen Identität wird.

Philosemitismus und Antisemitismus sind unendlich weit auseinander – was ihre konkrete Wirkungsgeschichte betrifft. Philosemitismus und Antisemitismus sind identisch – was ihre intellektuelle Ausgangsbasis betrifft. Sie sind wie zwei Seiten ein und derselben Medaille. Sie gehen von einer ganz spezifisch jüdischen Identität aus.

Philosemitismus und Antisemitismus sind unendlich weit auseinander – sie sind aber deckungsgleich in ihrer Deutung, dass Judentum etwas ganz Besonderes sein muss: Im zweiten Fall etwas, was „die Juden“ gegenüber den anderen, gegenüber „uns“ eindeutig negativ hervorhebt. Im ersten Fall etwas, was „die Juden“ als spezifisch positiv erscheinen lässt.

Der Philosemitismus ist wohl eine Art von unvermeidlichem Durchgangsstadium, das alle durchlaufen müssen, die – vor dem Hintergrund antisemitischer Traditionen – darüber zutiefst erschrocken sind, wozu diese (ihre) Traditionen geführt haben. Aber mehr ist der Philosemitismus nicht – er ist kein Endzustand der Erkenntnis.

Philosemitismus ist nicht das Gegenteil von Antisemitismus. Das Gegenteil von Antisemitismus ist die Einsicht, dass jüdische Identität, dass jüdische Besonderheit gesellschaftliche Konstruktionen sind, die wenig über Juden aussagen – aber viel über Nichtjuden.

## 3. Wie erklären Sie heute den jungen Menschen Hitler und die Judenvernichtung?

Wenn ich – an der Universität oder anderswo – von der Shoah spreche, dann versuche ich zu erklären, dass es, in letzter Konsequenz, nichts zu erklären gibt; dass die massenhafte Vernichtung von Menschen nur deshalb, weil sie „Juden“ waren, sich einer rationalen, einer interpersonell nachvollziehbaren Erklärung entzieht.

Deshalb versuche ich, nüchtern bei der Beschreibung und bei der Analyse der Fakten zu beginnen – bei einer Phänomenologie des Holocaust: dass die fast gelungene physische Vernichtung des Judentums ein Genozid war, aber ein Genozid besonderer Art; dass dieser Genozid eine Vorgeschichte hatte, die mit der Geschichte des Christentums weitgehend deckungsgleich war; dass die integrale Gesellschaft des Mittelalters Feindbilder konstruierte und auf den einzigen greifbaren „anderen" projizierte, der in der Gesellschaft real vorhanden war – auf „den Juden"; dass viele andere Genozide dem Holocaust nahe kommen – der Genozid in Ruanda, 1994, als vorläufig letztes Beispiel; der „Klassenkampf"-Genozid in Kambodscha, in den siebziger Jahren, und in der Sowjetunion, in den dreißiger Jahren; der Genozid am armenischen Volk während des Ersten Weltkriegs; der Genozid an den „Zigeunern", deren Schicksal mit dem der Juden bis 1945 fast deckungsgleich war; der Genozid an den indigenen Völkern Amerikas (und Australiens).

Ich versuche zu beschreiben und zu differenzieren: zwischen spontanistischem (freilich politisch gesteuertem) Massenmord à la Ruanda und dem (z. B. von Heinrich Himmler in Posen 1943, aber auch von Adolf Hitler in seinem Testament 1945) ausführlich begründeten, „idealistischen" Vorgehen des NS-Regimes; zwischen den von der türkischen Regierung im Zusammenhang mit dem Krieg, 1915, exekutierten massenmörderischen Vertreibungen und dem gegen jede Kriegslogik implementierten Judenmord; zwischen dem Genozid wider die eigene Theorie (unter Stalin) und dem Genozid auf der Grundlage der eigenen Theorie (unter Hitler); zwischen dem Genozid der hundertprozentigen Konsequenz (gegen Juden) und dem einer „nur" 90-prozentigen (gegen „Zigeuner"); zwischen dem Genozid aus Überzeugung und „Idealismus" und ohne ökonomische Vernunft (dem Holocaust) und dem Genozid aus dem rationalen Kalkül einer kolonialistischen Expansion, dem der Rassismus (plus Christentum) eine Rechtfertigung bereitstellte.

Ich versuche so die Besonderheit, die Einmaligkeit des Holocaust zu verdeutlichen: dass es eine Fülle von Gemeinsamkeiten gibt, die den systematischen Judenmord mit anderen genozidalen Vorgängen der Geschichte verbindet; dass aber der Judenmord im Einflussbereich des NS-Regimes Merkmale aufweist, die einen qualitativen Unterschied begründen.

Ich versuche damit auch die Aussage zu belegen, das der Judenmord nicht aus den Eigenschaften der Juden, sondern aus denen der Mörder zu erklären ist. Doch was heißt das? Dass wir alle potenzielle Massenmörder sind, wenn nur die gesellschaftlichen Rahmenbedingungen stimmen? Aber warum haben sie „gestimmt" – im besetzten Polen der Jahre 1939 bis 1945 und im politischen System des (deutschen, österreichischen) Nationalsozialismus? Warum haben sie – in diesem Sinne – nicht „gestimmt" in den vom faschistischen Italien besetzten Teilen Afrikas und im politischen System des (italienischen, spanischen) Faschismus?

Ich versuche zu unterstreichen, dass die Gemeinsamkeit des Opferstatus – der Opfer des Hexenwahns, des europäischen Siedlerkolonialismus, der rassistischen (Ruanda) oder nationalistischen (Türkei) Massenhysterie, der politisch gezielt eingesetzten „Säuberungen" in kommunistischen Systemen – die Opfer alle „gleich" macht; dass es den Opfern wirklich „gleich" ist, ob sie als polnische Offiziere in Katyn durch Genickschuss oder als Juden in Auschwitz in den Gaskammern ermordet wurden; dass aber die Frage nach der systematischen Konsequenz bleibt: Während in Katyn polnische Offiziere erschossen wurden, nur weil sie polnische Offiziere waren, lebten polnische Offiziere in anderen Teilen der Sowjetunion weiter; während „Zigeuner" in Auschwitz vergast wurden, lebten „Zigeuner", welche – ursprünglich – die Uniform der deutschen Wehrmacht getragen hatten, unter der Bedingung der Zwangssterilisierung weiter; während die Ureinwohner Amerikas einer faktischen Ausrottungspolitik ausgesetzt waren, begann in Europa die naiv-romantische Verherrlichung der „Wilden“, der „Indianer“. Doch das NS-Regime war konsequent: Kein Jude durfte überleben, dem die Tötungsmaschine Herr werden konnte – auf griechischen Inseln oder an der norwegischen Küste, in französischen Klosterschulen oder in den Wäldern der Ukraine, in Verstecken in Amsterdam oder im besetzten Rom des Jahres 1943.

Ich versuche Kontinuitäten aufzuzeigen: vom christlichen Antisemitismus und dessen mörderischer Seite zum säkularen Antisemitismus, bei dem das Mörderische zum eigentlichen, zum alles überschattenden Merkmal wurde. Ich versuche Funktionen aufzudecken: etwa am Beispiel des Bedarfs nach „Sündenböcken“, auf die eine Gesellschaft alles ablädt, was für sie unerklärlich und belastend ist; am Beispiel der Parallelen zwischen Antisemitismus und Hexenwahn; am Beispiel der „politischen Religionen“, der postreligiösen Gesamterklärungen, die Massen mobilisieren – der Antisemitismus als „politische Religion“ im Zeitalter der Säkularisierung.[27]

Das alles reicht nicht – als Erklärung. Es reicht aber als ein erster Zugang und als edukatives Instrument. Ich zeige auf, was war; und dass viele Antworten nach dem „Warum“ offen bleiben. Deshalb versuche ich auch vermeintliches Wissen über den Holocaust aufzulösen, zu zerstören. Dabei beziehe ich mich auf Literatur, die nicht „die Erklärung“ zu liefern vorgibt, die vielmehr die einzelnen Erklärungen kritisch durchleuchtet:[28]

- Der Holocaust kann nicht mit dem Instrumentarium des Marxismus erklärt werden. Es entsprach nicht der Logik des Kapitalismus, dass Menschen vernichtet wurden, deren Wert als Sklavenarbeiter noch signifikant über Null war. Das dem Kapitalismus innewohnende Kalkül setzte ja der sudetendeutsche Nationalsozialist Schindler bewusst ein, um den Holocaust zu unterlaufen; um Juden zu retten. [29] Es fehlt jede marxistische Erklärung dafür, dass der Holocaust dem italienischen Faschismus wesensfremd, dem deutschen aber immanent war.[30] Der Faschismus kann – vielleicht, teilweise – marxistisch erklärt werden. Der entscheidende Unterschied zwischen Faschismus und Nationalsozialismus – eben der Holocaust – aber nicht. Dem Marxismus fehlt die Fähigkeit, verständlich zu machen, warum – vordergründig, rational – Sinnloses eine Funktion haben kann; warum ein weder im ökonomischen noch im militärischen Interesse des (kapitalistischen, faschistischen) „Großdeutschen Reiches" liegender Vorgang wie der Holocaust stattfinden konnte. Der Marxismus ist zu sehr ein Produkt der Aufklärung, als dass er den Holocaust, diese Negation der Aufklärung, erklären könnte; zu rational, um zuzugestehen, dass sich etwas in der Gesellschaft der vom Marxismus unterstellten Logik ökonomischer Interessen völlig entzieht.

- Der Holocaust kann auch nicht mit den Ansätzen der Totalitarismus-Theorie erklärt werden. Zwar liefert Hannah Arendt in ihrer umfangreichen Studie über *Elemente und Ursprünge totaler Herrschaft* eine Fülle von Materialien, die Gemeinsamkeiten zwischen dem Sowjetkommunismus und dem Nationalsozialismus belegen. Arendt zeigt auf, dass der Antisemitismus vor und während der Herrschaft des Nationalsozialismus eine ähnlich massenmobilisierende Funktion hatte wie die Punzierung anderer Feind-Gruppen („Klassenfeinde") in anderen totalitären Herrschaftsformen auch. Doch die Vernichtungspolitik Stalins hatte eine rationale Begründung – sie richtete sich gegen tatsächliche oder vermeintliche Gegner des Regimes. Und wo der Stalinismus diese Begründung nicht hatte, war die Vernichtungspolitik gegen die theoretischen Ansprüche eines Systems gerichtet, das eine Gesellschaft der Gleichen schaffen wollte. Die Vernichtungspolitik Hitlers aber war bar jeder rationalen Nachvollziehbarkeit, und sie war eine Politik des reinen Gewissens: Der Idealtypus des Massenmörders, wie ihn Himmler gezeichnet hatte, ging zur Massenerschießung wie in einen Gottesdienst.

- Der Holocaust kann nicht als Begleiterscheinung des Zweiten Weltkrieges, des von deutscher Seite ausgerufenen „totalen Krieges" gesehen werden. Zwar ist richtig, dass bis zu Beginn des Krieges, bis 1939, die gegen die Juden gerichtete Politik des NS-Regimes eher eine Politik der Vertreibung und Beraubung und weniger eine der Vernichtung war; dass also der Krieg den Qualitätssprung dieser Politik auslöste. Die Konsequenz, mit der aber dann das Regime die Vernichtungspolitik gegen Juden betrieb, war nicht nur nicht aus dem Krieg erklärbar – es war eine Politik, die Bedürfnisse des Krieges im Zweifel hinter die Bedürfnisse der Judenvernichtung reihte. Juden wurden mit Eisenbahn- und Schiffslogistik, die „an der Front" fehlten, in Vernichtungslager transportiert; Truppen („Sonderkommandos") „bekämpften" wehrlose Juden hinter und nicht sowjetische Truppen an der Front; und während die NS-Politik in den besetzten Ländern Osteuropas der Logik der Sklavengesellschaft folgte („Eliten" wurden ausgemordet, die „Massen" als Sklaven genutzt), kannte die Politik gegenüber den Juden nur ein Ziel: die völlige „Ausrottung" jenseits aller Nützlichkeitserwägungen.

Ich erkläre Studierenden der nächsten Generationen also, dass ich etwas nicht erklären kann; dass die umfassenden Erklärungsversuche durchwegs zu kurz greifen; dass der Faktor X bleibt – der Faktor des Nicht-Erklärbaren, des Dunklen, das sich der Aufhellung, der Aufklärung entzieht.

Das ist gerade dann schwierig, wenn Politikwissenschaft als die Summe der Versuche verstanden wird, politische Abläufe verständlich zu machen. Da kann die Politikwissenschaft die Logik der Abschreckungspolitik im Ost-West-Konflikt erklären; kann das Kalkül von Parteien verständlich machen, die am politischen Markt um die Stimmen der Wählerinnen und Wähler kämpfen; kann vermitteln, was die Vor- und die Nachteile des US-amerikanischen Systems der „checks and balances" sind. Nur die zentrale Erfahrung des 20. Jahrhunderts – die entzieht sich allen Versuchen, Kausalzusammenhänge auszuleuchten, die jenseits der moralischen Kategorien von Gut und Böse sind?

Es bleiben die Fragen nach dem Warum und nach dem Cui bono ganz einfach offen. Und die Wissenschaft allgemein, die Politikwissenschaft speziell, muss sich mit einer reduzierten Aufgabe begnügen: Sie findet keine Erklärung – außer der, dass die angebotenen Erklärungen nicht ausreichen.

Doch unabhängig davon werden immer wieder Fragen gestellt, die Antworten verlangen, und zwar mögliche Antworten – auch wenn die letzte, die entscheidende Antwort ausbleiben muss. Die eine Frage ist die nach dem „spezifisch Deutschen" des Holocaust: Ist dieser ein deutsches (und österreichisches) Phänomen?

Diese Frage hat durch die von Daniel Goldhagen provozierte Debatte Ende der neunziger Jahre eine besondere Aktualität erhalten. Goldhagen stellte die Freiwilligkeit und die Breite heraus, mit der Deutsche sich unter dem NS-Regime aktiv am Judenmord beteiligt haben. Der Holocaust, nach Goldhagen, war nicht das Geheimprogramm einer verschworenen, kleinen Gemeinschaft von rechtgläubigen und fanatisierten Nationalsozialisten. Der Holocaust war letztlich eine Sache des deutschen Volkes – in das Goldhagen offenkundig auch das österreichische mit einschließt.

Goldhagen bietet für diese Deutung eine Fülle von empirischer Evidenz. Der Massenmord an Juden fand nicht nur hinter den streng geheimen und abgeschirmten Mauern und Stacheldrahtzäunen der Vernichtungslager statt. Der Massenmord war für viele, für zehn-, ja hunderttausende Uniformträger Alltag: für Soldaten der Wehrmacht (und nicht nur von deren „viertem" Teil, der Waffen-SS); für Polizeibeamte, die in den besetzten Gebieten zum Einsatz kamen; für die Rüstungsindustrie, in der Massenmord durch Arbeit betrieben wurde (Goldhagen, Browning). Der Holocaust baute auf einer fast massenhaften Beteiligung von Deutschen (und Österreichern), die nur in extremen Ausnahmefällen wirklich zum Massenmord gezwungen werden mussten. Der Holocaust war Massenmord im doppelten Sinn: die Ermordung von Massen durch Massen.

Dieser Befund ist ohne Zweifel empirisch „richtig". Er ist nur zu eng – und lässt Fragen erst recht offen: Wie steht es mit der Freiwilligkeit von litauischen und lettischen, estnischen und ukrainischen, kroatischen und anderen nicht deutschen Massenmördern, die sich – wie im ukrainischen Babi Jar oder in den Wäldern rund um das litauische Vilnius – ohne besondere Aufforderung, erst recht ohne Zwang am Judenmord beteiligten? Wie steht es mit dem vorauseilenden Gehorsam des französischen Vichy-Regimes und seiner Organe, die mit den Vorbereitungen zum Judenmord schon begonnen hatten, bevor sie noch von deutscher Seite dazu aufgefordert worden waren?

Der Holocaust war zwar der essenzielle Teil, die eigentliche Mission des deutschen Faschismus, des NS-Regimes. Aber er war nicht Sache der Deutschen – jedenfalls nicht der Deutschen allein. Der Holocaust wurde von mehr Deutschen (und Österreichern) betrieben, als das lange Zeit nach 1945 bewusst gewesen war. Aber es gab so etwas wie eine gesamteuropäische Bereitschaft – eine Bereitschaft, die wohl etwas mit der Zivilisation des Christentums zu tun haben muss.

Goldhagen geht davon aus, dass das heutige Deutschland ein anderes ist; dass der Holocaust von diesem, von einem demokratischen Deutschland nicht wiederholt werden wird, nicht wiederholt werden kann. Da hat Goldhagen wohl Recht. Hoffentlich. Doch warum dieser Zivilisationsbruch? Warum war Deutschland, warum war „das deutsche Volk" bis 1945 zum Judenmord massenhaft bereit – und warum soll es seit 1945 plötzlich dagegen immun sein?

Goldhagen bleibt die Antwort schuldig. Denn hier ist der Faktor X berührt – das Warum. Und dieses bleibt ohne Antwort, muss ohne Antwort bleiben.

Eine weitere Frage provoziert: Die von Norman Finkelstein (und anderen) aufgeworfene Thematik der „Holocaust Industrie", des „Shoah Business". Gibt es Interessen, die den Massenmord an Juden am Leben halten wollen, um aus der Erinnerung Profit zu schlagen?

In den USA existiert seit etwa zwanzig Jahren „Holocaust" als Zweig der Museumsbranche. Es gibt eine Holocaust-Memorial-Architektur; Holocaust-Curricula an Universitäten und Schulen; Forschungs- und Erziehungsprogramme, die um den Holocaust kreisen; es gibt, mit einem Wort, zehntausende Menschen, die den Holocaust zu ihrem Beruf gemacht haben. Holocaust als „Industry", als „Business".

Ist das eine – moralisch zulässige – Aufklärung, oder eine – moralisch verkommene – Ausbeutung jüdischen Leidens zum Zweck der Profitmaximierung?

Finkelstein, dessen Position in vielem der Noam Chomskys

gleicht, spiegelt die überragende Bedeutung des Holocaust in der amerikanischen (und zunehmend auch europäischen) Öffentlichkeit mit den vielen anderen genozidalen Vorgängen, an denen diejenigen, die Finkelstein in Zusammenhang mit dem „Holocaust Business" bringt, zumindest indirekt Mitverantwortung haben: So etwa die mittelbare Verantwortung der US-Regierung an den Massenmorden in Kambodscha 1975 bis 1978; so etwa die generelle europäische Verantwortung an der teilweisen Vernichtung indigener Völker.

Finkelstein schreibt als (kritischer) Amerikaner, der den USA eine Doppelmoral vorhalten will. Doch er setzt sich nicht wirklich mit den Argumenten auseinander, die zwischen den von ihm angeführten Genoziden und der Shoah einen prinzipiellen Unterschied behaupten. Für ihn ist der Holocaust letztlich ein Genozid unter anderen. Und nur bestimmte Profitinteressen machen den Holocaust einmalig.

Finkelstein schreibt auch als prinzipieller Kritiker eines Systems, das im Eigeninteresse, im Egoismus der Individuen eine grundsätzlich positive, jedenfalls nicht von vornherein negative Bewegungskraft der Gesellschaft sieht: Finkelstein kritisiert, indem er die Holocaust-Industrie kritisiert, den Kapitalismus schlechthin.

Doch der Nachweis, dass wir – in Europa und in Nordamerika – in einer (spät- oder post-) kapitalistischen Gesellschafts- und Wirtschaftsordnung leben, muss doch nicht von Finkelstein neu erbracht werden. Finkelstein stellt fest, was wir schon wissen. Und er stellt weiters fest, was uns daher nicht überraschen kann: dass Kultur in einer kapitalistischen Ordnung generell und dass daher auch die Kultur der Erinnerung sich grundsätzlich an die Spielregeln dieser Ordnung halten.

Natürlich gibt es Interessen – politische, aber auch kommerzielle –, die Erinnerung am Holocaust lebendig zu erhalten;

ebenso wie es Interessen gibt, die Erinnerung als „bewältigt" abzutun, den Holocaust als endgültig abgehandelt, unter „Bekanntes" einfach abzulegen. Natürlich hat der Staat Israel Interesse daran, dass in den USA und in Europa das schlechte Gewissen der Nichtjuden lebendig bleibt. Natürlich verdient die Kultur-, Bildungs- und Wissenschaftsindustrie an der ständigen Erinnerung an den Holocaust. Ebenso natürlich hätten andere gerne ein „Ende" des ewigen Themas: Kultur-, Bildungs- und Wissenschaftsindustrie können an sich genauso gut von der Erinnerung an andere Genozide profitieren; und auch politische Interessen versuchen, das Leiden anderer zu vermarkten: das Leid der vertriebenen Palästinenser, der vertriebenen Sudetendeutschen, des vertriebenen Dalai Lama.

Das spricht aber weder für noch gegen die Einmaligkeit des Holocaust. Das sagt überhaupt nichts darüber aus, ob und in welchem Maße Schulen und Universitäten den Holocaust zum Thema machen sollen. Dass der Holocaust ein Phänomen des Kapitalismus war, überzeugt nicht; dass der Holocaust aber im Kapitalismus nach dessen Logik interpretiert wird, darf niemanden überraschen.

In seiner Kapitalismuskritik, die er als Kritik am „Shoah Business" formuliert, gibt Finkelstein auch und erst recht keine Antwort auf das Warum. Er bleibt bei dem stehen, was an sich am Beginn jeder sozialwissenschaftlichen Analyse steht: bei der Frage nach den Interessen hinter dem Business mit dem Holocaust. Die Frage nach den Interessen am Holocaust selbst stellt er nicht. Auf diese Frage würde er auch keine überzeugende Antwort finden. Der X-Faktor ist offener denn je.

Das macht auch das – negative – Faszinosum des Holocaust aus: Die übliche sozialwissenschaftliche Denkweise des Einerseits und Andererseits, des Mehr oder Weniger ist ganz einfach nicht angebracht, weil sie keine Erkenntnisse bringt. Der Holocaust hat keine „Umwegrentabilität", und er ist nicht im Parallelogramm von Interessen und Gegeninteressen, von Macht und Gegenmacht erklärbar. Der Holocaust verdeutlicht vielmehr eine Kategorie, die sich im X-Faktor versteckt hält – die Kategorie des Bösen.

Nichts liegt den Sozialwissenschaften an sich so ferne, als sich mit der Dichotomie „gut"-„böse" einzulassen. Doch angesichts des Holocaust ist festzustellen, dass wir durch die Beschäftigung mit dem Judenmord zwar nicht mehr über das „Gute" wissen – dass wir aber erahnen, dass es das „Böse" gibt.

Doch das ist keine Erklärung – sondern Ausdruck der Ratlosigkeit. Die Erklärung des Holocaust besteht darin, dass alle Erklärungsversuche bestenfalls Stückwerk sind.

## 4. Sind Sie dafür oder dagegen, dass heute wie 1900 Juden aus dem Osten nach Deutschland und Österreich einwandern?

Ich bin grundsätzlich dafür, dass sich Österreich als Einwanderungsland versteht; dass es offiziell akzeptiert, was es – wie Deutschland ja auch – immer schon war: ein Land, das nur zu verstehen ist, wenn man den permanenten Zuzug in dieses Land zu verstehen versucht.

In diesem Sinne ist für mich die Einwanderung von Juden „aus dem Osten", d. h. vor allem aus der früheren Sowjetunion, Ausdruck der Realität einer Gesellschaft, die ständig Zuwanderung erfährt, die offenbar auch – ablesbar an der demographischen Entwicklung – Einwanderung braucht.

Die Frage, die sich daran knüpft, ist die: Sollen Menschen, die etwa aus der Russischen Föderation oder aus Usbekistan nach Österreich kommen, danach unterschieden werden, ob sie einer christlichen Konfession angehören, ob sie Moslems sind oder ob sie sich als Juden verstehen?

Meine Antwort darauf ist eindeutig nein. Zu sehr hat der in Deutschland geprägte Begriff der „Leitkultur" schon Schaden gestiftet und – in einer Vulgärinterpretation von Samuel Huntingtons *Clash of Civilizations* – das seinem Wesen nach säkulare Demokratieverständnis verletzt. Natürlich darf ein demokratischer Rechtsstaat, welcher der Aufklärung und den Menschenrechten verpflichtet ist, Menschen nicht nach ihrer Religionszugehörigkeit bewerten, solange Gewähr ist, dass diese – die Menschen und ihre Religion – den demokratischen Rechtsstaat zu respektieren bereit sind.

Die Versuchung, die hinter der Frage steht, ist, einen quasi philosemitischen Anti-Islamismus zu entwickeln. Es wäre die Folge der Phantasmagorie eines jüdisch-christlichen Abendlandes, sollten Menschen moslemischer (oder buddhistischer oder hinduistischer oder ohne jede) Konfession weniger willkommen sein als Christen und Juden.

Das wäre ein doppelter Verrat: Verrat an den Grundlagen des demokratischen Rechtsstaates, der im Widerspruch zu einem christlichen (oder sonst wie spezifisch konfessionellen) Verständnis von Politik und Gesellschaft entwickelt wurde, der sich zum Beispiel erst mühsam gegen den Widerstand der Päpste und der Fürsten hat durchsetzen müssen. Wenn nun im Rahmen der europäischen Wertegemeinschaft Immigration nicht säkular, sondern „kulturell", das heißt aber de facto versteckt rassistisch und religiös diskriminierend gesteuert wird, dann ist dies ein fundamentaler Widerspruch zu den Grundlagen eben dieser Wertegemeinschaft.

Dies wäre auch ein Verrat an der historischen Erfahrung. Der Antisemitismus ist ein christliches Phänomen. Christlich geprägte Gesellschaften haben den Antisemitismus hervorgebracht. Als die Juden Spaniens 1492 vertrieben wurden, fanden sie nicht in anderen christlichen Staaten Aufnahme – willkommen waren sie zunächst nur in den Ländern des Islams, insbesondere im Ottomanischen Reich. Das Konstrukt einer „jüdisch-christlichen Zivilisation" deckt diesen Zusammenhang zu, indem es indirekt den spezifisch christlichen Judenhass leugnet und so zu einem Instrument des (zumindest versteckt rassistischen) Anti-Islamismus wird.

Juden sollen in Österreich (und in Deutschland) willkommen sein – nicht, weil sie Juden sind; erst recht nicht, obwohl sie Juden sind; sondern dann, wenn sie in eine (leider nicht wirklich definierte) Politik der Einwanderung passen.

Es ist gut, wenn die so kleinen jüdischen Gemeinden z. B. in Berlin und in Wien durch jüdische Immigration am Aussterben gehindert werden. Es ist gut, wenn die Fantasie des Nationalsozialismus, diese (und andere) Städte „judenfrei" zu machen, auf Dauer falsifiziert wird. Mit anderen Worten: Es ist uneingeschränkt zu begrüßen, wenn – als Resultat einer rationalen Einwanderungspolitik – die jüdischen Gemeinden Deutschlands und Österreichs mit Leben erfüllt werden. Aber es kann nicht die Aufgabe des demokratischen Rechtsstaates sein, in die Falle des Philosemitismus zu gehen und eine speziell auf Juden abgestellte Einwanderungspolitik zu versuchen.

Es ist gut, wenn die verschiedenen Nuancen europäischer Kultur – etwa der Wiens im Fin de Siècle – ihren spezifisch „jüdischen" Aspekt nicht verlieren. Es ist gut, wenn die Traditionen Arthur Schnitzlers und Gustav Mahlers, die Traditionen Sigmund Freuds und Albert Einsteins lebendig bleiben. Aber warum sollte das primär die Aufgabe der jüdischen Gemeinden sein, und warum sollte es von jüdischen Einwanderern aus der Ukraine oder aus Georgien abhängen, diese Traditionen mit Leben zu erfüllen? Schnitzlers Literatur ist ebenso wenig „jüdisch“ wie Einsteins Physik. Aber Schnitzlers Literatur ist ebenso wenig von seiner Erfahrung im antisemitischen Wien der Jahrhundertwende zu abstrahieren wie Freuds Psychoanalyse. Wollten wir von der jüdischen Einwanderung die Lebendigkeit der Kultur abhängig machen – wir müssten auf die Lebendigkeit des Antisemitismus setzen.

Berlin und Wien haben eine jüdische Identität – neben vielen anderen Identitäten. Diese eigene jüdische Identität sollte durch Berlin und Wien gepflegt werden. Wenn Frauen und Männer aus „dem Osten“, die im Zuge einer rationalen Einwanderungspolitik nach Deutschland oder Österreich kommen, Berlin und Wien dabei helfen – umso besser. Aber Mahler und Einstein fallen nicht in eine spezifisch jüdische Zuständigkeit, sondern in eine allgemeine europäische und eine speziell deutsche oder österreichische.

Es wäre eine philosemitische Missdeutung, würde man davon ausgehen, dass die Erinnerung an die Schaffung der Psychoanalyse eine besondere Aufgabe der Juden sein soll – als wäre der jüdische Atheist Sigmund Freud, der mit seinem Moses-Bild die jüdische Orthodoxie provoziert hatte, auf immer und ewig in der Kompetenz der Juden. Sigmund Freud, Albert Einstein und andere „gehören“ nicht den Juden. Sie haben zur Zivilisation und Kultur ihren Beitrag geleistet, der sich von jeder Etikette – auch von der des Judentums – befreit hat. Die Pflege „jüdischer“ Kultur, die es so nicht gibt, zur besonderen Aufgabe jüdischer Immigration zu machen, ist ebenso wenig konsistent wie die Auffassung, die Erinnerung an den und die Analyse des Holocaust sei primär eine Sache der Juden.

Mit solchen Zuschreibungen werden die antisemitischen Annahmen und Klischees nur fortgeschrieben – die von der jüdischen Kultur und der jüdischen Physik, die von der besonderen

„Rachsucht" der Juden. Ein Schritt zur Überwindung des Antisemitismus wäre hingegen, den Unfug solcher Klischees auch dann aufzugeben, wenn sie im Gewande des Philosemitismus auftreten. Ob die Kultur des Fin de Siècle am Beginn des 21. Jahrhunderts ein multikulturelles Äquivalent finden kann, das kann nicht zur Aufgabe jüdischer Immigrantinnen und Immigranten gemacht werden. Und die Erinnerung an den Holocaust sollte vor allem die Aufgabe der Nichtjuden sein; derer, die über das Ungeheuerliche dieses Vorganges erschrecken, ohne damit eine persönliche Opfergeschichte zu verbinden.

Die xenophoben, zumindest latent rassistischen Ressentiments bedienen sich – zur eigenen Immunisierung – gelegentlich des philosemitischen Reflexes. Wenn Einwanderung dann und nur dann gutgeheißen wird, wenn sie in das intellektuell so vage Muster einer „Leitkultur" passt und diese dann auch noch mit einer „jüdisch-christlichen Zivilisation" gleichgesetzt wird, so dient das „Jüdische" in diesem Begriff zur Absicherung gegenüber dem naheliegenden und auch berechtigten Vorwurf des Rassismus. Das angesichts der nach dem Holocaust realen Verhältnisse quantitativ zu vernachlässigende Phänomen jüdischer Immigration wird missbraucht – um eine Politik der Ausgrenzung politisch korrekt erscheinen zu lassen.

Die Frage steht im Raum, ob jüdische Zuwanderung eine antisemitische Reaktion provozieren kann. Diese Wahrnehmung war in Österreich nach 1918 massiv vorhanden: Jüdische Einwanderung aus dem östlichen Europa wurde auch von „wohlmeinenden" (d. h. nicht deklariert antisemitischen) Österreicherinnen und Österreichern deshalb abgelehnt, weil diese Immigration das Gespenst des Judenhasses lebendig machen könnte. Diese Frage ist heute ebenso wenig seriös, wie sie es 1918 und danach war: Der Antisemitismus ist nicht das Produkt der realen jüdischen Existenz. Der Antisemitismus ist das

Produkt der aus Ängsten resultierenden Bedürfnisse von Nichtjuden, die Juden und „das Jüdische", die eine Judenfrage konstruieren, um auf sie ihre – der Antisemiten – Probleme projizieren zu können.

Es ist Unsinn, in der jüdischen Immigration die Ursache für eine neue Qualität des Antisemitismus sehen zu wollen. Die Juden verursachen nicht den Antisemitismus. In Mitteleuropa, insbesondere in Polen, gibt es den Antisemitismus ohne Juden.[31] In Österreich, nach 1945, gibt es dafür eindrucksvolle Befunde. Judenhass existiert auch und vor allem dort, wo es auch vor 1938 keine jüdischen Gemeinden gegeben hat. Judenhass baut auf einer grotesken Fehleinschätzung der Zahl der Juden. Ihre Zahl wird maßlos überschätzt.[32]

Das Problem, mit dem sich die befassen sollen, die um Österreichs (und Deutschlands) Demokratiequalität besorgt sind, ist nicht die Existenz oder die Größe jüdischer Gemeinden. Das Problem ist der Antisemitismus. Den gibt es auch ohne Juden. Der erfindet sich, falls er keine „richtigen" Juden vorfindet, nötigenfalls „seine" Juden. Der Antisemitismus braucht Juden – aber keine realen.

Den Antisemitismus wird es geben – in Österreich und in Deutschland, in Polen und in Frankreich, in Russland und in der Schweiz – und zwar unabhängig von „den Juden"; erst recht unabhängig davon, ob es eine jüdische Immigration gibt. Das ist das schreckliche Problem unserer Demokratie. Und darauf hat die jüdische Immigration oder Emigration keinen Einfluss.

Juden und jüdisches Verhalten begründen nicht den Antisemitismus. Dieser ist das Produkt einer christlich geprägten Gesellschaft. Der Antisemitismus findet seine Erklärung nicht in den Juden – er findet seine Erklärung in den Antisemiten; im Antisemitismus. Nur dort.

## 5. Wie denken Sie über Israel?

Israel ist das notwendige Produkt des christlich-europäischen Antisemitismus. Ohne die Erfahrung, die Theodor Herzl (und so viele andere) im christlichen Europa machen mussten, hätte es keine moderne zionistische Bewegung gegeben. Ohne den Holocaust wäre der Erfolg dieser Bewegung, wäre Israel nicht vorstellbar.

Die grundlegende Erfahrung europäischer Juden um 1900 war, dass der säkularisierte Antisemitismus ihnen jenen Ausweg aus dem Judentum genommen hatte, den der christliche ihnen noch gelassen hatte: die Taufe. Der pseudo-wissenschaftliche, biologistische Antisemitismus, der sich im Laufe des 19. Jahrhunderts durchsetzte, machte die Juden zur „Rasse".

„Die Religion ist einerlei, in der Rasse liegt die Schweinerei."

In diesem Slogan des säkularisierten Antisemitismus war die Ausweglosigkeit der Juden niedergelegt. Sie waren Juden, sie blieben Juden – ob sie es wollten oder nicht. Der Antisemitismus hatte – wieder einmal – die Fremdbestimmung jüdischer Identität übernommen und zwar in einer besonders konsequenten Form.

Der Zionismus war die jüdische Reaktion, die sich auf den Boden der vom Antisemitismus neuer Art geschaffenen Tatsachen stellte. Wenn die Juden nicht mehr als Religion verstanden würden, sondern „völkisch" – dann sollten sie auch ein Volk sein. Freilich, sie waren ein Volk ohne Land. Aber das Land, das wurde schließlich gefunden – auch wenn es kein Land ohne Volk war; auch wenn die Zionisten sich, in einer europäisch-kolonialistischen Überheblichkeit, über die Existenz der in Palästina lebenden Araber, der Palästinenser, hinwegtäuschten.

Es war (und ist) intellektuell verständlich, dass nicht alle Juden bereit waren, sich – wie der Zionismus – mit der vom Antisemitismus vorgegebenen Begrifflichkeit abzufinden. Viele (nicht alle) der sozialistisch denkenden Juden lehnten es ab, sich auf den ihrer Meinung nach Irrweg des Nationalismus einzulassen. Viele (nicht alle) der orthodox-religiös denkenden Juden lehnten es ab, die Wege des Messias politisch vorgeben zu wollen. Viele (nicht alle) der „bürgerlichen", der assimilierten Juden sahen nicht ein, warum sie sich durch die Allianz von Antisemitismus und Zionismus ihre Integration in die deutsche oder österreichische, in die polnische oder französische Gesellschaft verbieten lassen sollten.

Doch es war (und ist) ebenso intellektuell verständlich, dass viele, sehr viele Juden meinten, die zaristischen Pogrome, das Signal des Dreyfus-Prozesses, der „populistische" Antisemitismus Luegers oder auch Schönerers – dass all dies nicht das bloße Nachwehen einer insgesamt überholten Welt der Vor-Aufklärung, dass dies alles vielmehr ein Vorbote einer neuen Welt der Nach-Aufklärung wäre. In den verschiedensten Formen des Antisemitismus des beginnenden 20. Jahrhunderts sahen sie nicht ein Nachbeben, sie erkannten ein Vorbeben. Und sie wurden ja auch in diesem Jahrhundert eindrucksvoll-schrecklich bestätigt.

Die Ablehnung des Zionismus durch Juden ist eine intellektuell redliche und politisch verständliche Reaktion auf den jüdischen Nationalismus, der in der Gründung einer jüdischen Schutzmacht – eben des Staates Israel – den einzigen Fluchtweg aus dem biologistischen, dem „rassischen" Antisemitismus sah. Das war so vor der Erfahrung mit dem Holocaust – und ist es grundsätzlich auch danach: Jede/r ist frei, die durch Fremdzuschreibung entstandene Identität zu akzeptieren – oder auch nicht.

Die Ablehnung des Zionismus durch Nichtjuden ist grundsätzlich legitim und hat nichts mit Antisemitismus zu tun

– wenn diese Position z. B. bedeutet, den Staat Israel als überholtes Konzept nationaler Souveränität zurückzuweisen; oder als Spätprodukt eines eurozentrischen Kolonialismus, der nicht zufällig übersehen hat, dass das „Volk ohne Land" Besitz von einem Land ergriffen hat, das keineswegs eines „ohne Volk" war.

Antizionismus ist nicht Antisemitismus. Antizionismus kann jedoch zu Antisemitismus werden – dann nämlich, wenn der Judenstaat mit anderen, mit spezifisch für ihn entwickelten Maßstäben gemessen wird; wenn für Israel gilt, was für andere nicht gelten darf; wenn für den Judenstaat spezifische Normen zurecht gemacht werden, die letztlich nur dazu da sind, Israel zu verurteilen.

April 1992, eine Studienreise nach Israel. Ein Gesprächstermin im Büro für Menschenrechte in Nazareth, der größten arabischen Stadt Israels. Der Leiter des Büros ist arabischer Israeli, also Bürger des Staates Israel mit arabischer Muttersprache – und moslemischer oder christlicher Konfession. Im Büro hängt zentral ein Bild von Gamal Abdel Nasser, dem Präsidenten, gegen den Israel zweimal Krieg geführt hat, 1956 und 1967.

Ich weise darauf hin, dass es doch eigenartig ist, wenn in einem Büro für Menschenrechte das Bild eines Diktators hängt, dessen politische Gegner grundsätzlich in Gefängnissen endeten. Doch das Büro für Menschenrechte beschäftigte sich ausschließlich mit den Menschenrechtsverletzungen, für die der Staat Israel verantwortlich ist. Und Nasser ist ein Symbol des Kampfes gegen Israel. Dass sein Bild der Idee universeller Menschenrechte Hohn spricht, zählt nicht – es zählt allein der Kampf gegen Israel.

So ist die Logik vieler, die den Staat Israel – zurecht – deshalb kritisieren, weil er nur zu oft die Rechte seiner nichtjüdischen Bürgerinnen und Bürger nicht in vollem Umfang respektiert; weil er insbesondere die Menschenrechte der Palästinenser in den besetzten Gebieten oft und systematisch verletzt: Kritik gibt es an Israel, nicht aber an Ägypten oder Syrien, am Irak oder an Saudi-Arabien.

Dieser „double-standard" ist dann besonders auffallend, wenn er von Personen kommt, die sich der Einmaligkeit des Holocaust sehr wohl bewusst sind oder zumindest bewusst sein sollten. Israel wird mit strengeren Maßstäben gemessen als andere Staaten der Region des Nahen und Mittleren Ostens – nicht trotz, sondern offenkundig wegen des Holocaust.

Gelegentlich wird dieser Maßstab noch mit dem Hinweis untermauert, „die Juden" sollten es doch besser wissen. Sie seien doch selbst „Opfer" (gewesen) – sie sollten eben deshalb mehr Verständnis für die Opferrolle anderer haben.

Diese Moral ist aus zwei Gründen auffallend:

- Die Politik des Staates Israel gegenüber den Palästinensern wird tendenziell mit dem Holocaust gleichgesetzt. Dass der Holocaust nicht die Unterdrückung oder Versklavung, auch nicht die Vertreibung oder Verdrängung der anderen (eben der Juden) zum Ziele hatte, sondern deren Ausmordung, geht dabei unter: Auch nicht die Radikalsten, die Fundamentalistischsten, die Illiberalsten unter den Juden des Staates Israel gehen der Fantasie eines Holocaust am arabischen (oder palästinensischen) Volk nach. Israel betreibt, wenn man so will, gewaltsame Landnahme mit Elementen des „ethnic cleansing", also der ethnisch (oder kulturell oder religiös) begründeten Vertreibung. Der Holocaust am jüdischen Volk war aber von einer prinzipiell anderen Qualität. Diese Qualitäten zu vermengen bedeutet letztlich die Verharmlosung des Holocaust.
- Die Politik des Staates Israel wird mit anderen Maßstäben beurteilt als die der arabischen Staaten der Region. Die Menschenrechte verachtende Politik der Baath-Regime von Syrien

> und Irak, die Menschenrechte ebenfalls prinzipiell verachtende Politik der feudalen Golfstaaten, die gravierenden Demokratiedefizite Ägyptens und Jordaniens – alles das scheint gegenüber den Menschenrechtsverletzungen des Staates Israel gering zu wirken. Arabische Opfer der Verletzungen von Menschenrechten zählen dann nicht oder kaum, wenn die Täter arabische Politiker, arabische Regime sind. Arabische Opfer der Verletzungen von Menschenrechten zählen vor allem und zuvorderst dann, wenn die Täter Juden sind. Diese Moral ist nicht pro-arabisch – sie ist letztlich nur anti-jüdisch.

Auffallend ist, dass oft den Juden die primäre Aufgabe zugewiesen wird, die entsprechenden Lehren aus dem Holocaust zu ziehen – als ob die Überlebenden der Shoah nun strengeren, höheren moralischen Kriterien unterliegen als andere; als ob diejenigen, die auch nach Auschwitz noch eine jüdische Identität besitzen, dafür mit einer besonderen, anspruchsvolleren Moralerwartung belegt würden.

Diese Haltung, die oft in einer Kritik an Israel mit einfließt, erwartet primär von den Juden, die „richtigen" Lehren aus dem Holocaust zu ziehen. Nichtjuden unterliegen einem so strengen Maßstab nicht. Jedenfalls nicht Nasser oder Assad, Hussein oder die Könige und Emire des Golfs. Viele Kritiker des Staates Israel sehen Juden besonders kritisch – eben weil sie, als Juden, eigentlich einer „höheren" Moral folgen müssten. Die Politik des Staates Israel wird einer besonderen Kritik unterzogen – eben weil sie von Juden gemacht wird.

Diese Art des Antizionismus geht fließend in einen Antisemitismus über. Juden werden hervorgehoben, um sie strenger und damit negativ zu sehen. Der Judenstaat wird ins Zentrum einer Kritik gerückt, die gegenüber anderen, nichtjüdischen Staaten tendenziell blind ist.

Diese Form des Antizionismus war (und ist) für viele Linke eine Art politisch korrekte Variante des Antisemitismus. Nicht zufällig hat die Sowjetunion nach dem Krieg von 1967 den Begriff des Zionismus in den Katalog der pauschal negativen Schlagworte aufgenommen. Nicht zufällig gibt es sowjetische (und auch arabische) Karikaturen, die den Zionismus in einem Atemzug mit dem Nationalsozialismus nennen, die Begin (oder Netanyahu oder Barak) mit Hitler gleichsetzen. Der Antizionismus, so instrumentiert, wird zum antifaschistischen Antisemitismus.

Kritik am Staat Israel ist möglich und ist notwendig – nicht weil er der Staat der Juden ist, von denen mehr, von denen Besonderes verlangt wird. Kritik am Staat Israel ist ebenso möglich und notwendig wie Kritik an den USA oder an Österreich, an Deutschland oder an Frankreich, am Iran oder an Syrien. Die Universalität der Menschenrechte zwingt zur Kritik an Israel – aber eben nicht nur und auch nicht primär an Israel. Die Universalität der Menschenrechte verlangt, Israel grundsätzlich als normalen Staat zu sehen und zu bewerten – als einen Staat wie alle anderen auch.

Das eigentliche Motiv des Zionismus war und ist die Sehnsucht nach Normalität. Die Juden wurden – von ihrer Umwelt – dazu gezwungen, Juden zu sein; ihr Judentum nicht „nur" als Religion, sondern auch als „Rasse", als Nationalität, als „Volkstum" zu begreifen. Die Antwort der so Gezwungenen: Als Volk brauchen wir einen Staat, damit wir ein Volk unter anderen Völkern sein können.

Diesen Staat gibt es. Mit den Schritten von 1948, 1967, 1979 und – vor allem – 1991 und 1993 ist er fast schon ein „normaler" Staat:

- 1948 erkannte die Staatengemeinschaft, repräsentiert durch die Vereinten Nationen, die Existenz Israels an. In einem ersten Krieg sicherte Israel seine Existenz gegen seine Nachbarn, die den Beschluss der Vereinten Nationen nicht mittrugen.

- 1967 demonstrierte Israel (1973 wiederum), dass militärische Gewalt seine Existenz nicht auslöschen kann. Israels „Normalität" ist eine, die auch und vor allem auf seiner Stärke beruht.
- 1979 durchbrach Ägypten mit einem Friedensvertrag die Ablehnungsfront der arabischen Staaten. Der erste Schritt zu einer auf Vereinbarungen mit den Nachbarn (und nicht nur auf militärischer Abschreckung) beruhenden Normalität war getan.
- 1991, im Zuge des Golfkrieges und der Auflösung der UdSSR, wurde Israels geopolitische Bedeutung gestärkt. Die Folge war ein Prozess, der 1993 zum Abkommen von Oslo und zum „Friedensprozess" führte.

Was Israel noch zu seiner Normalität fehlt, das ist eine durch Verträge erreichte Klärung seiner Grenzen. Israel hat noch kein eindeutig definiertes Territorium. Dass Israel „Machtpolitik" betreibt, gerade auch bezüglich der Grenzziehung gegenüber dem zukünftigen, unvermeidlichen Staat der Palästinenser, ist Israel nur dann vorzuwerfen, wenn dem Staat der Juden eine besondere, bessere Moral abverlangt werden sollte. Grenzen waren und sind immer Machtfragen – und dass dies auch für Israel gilt, ist ein Stück insgesamt begrüßenswerter Normalität des Judenstaates.

Was Israel auch noch fehlt, das ist die Konkretisierung, was sein jüdischer Charakter bedeutet – für die große Minderheit der Nichtjuden im Lande und auch für diejenigen Juden, die nicht ein Rabbinat darüber entscheiden lassen wollen, was jüdische Identität heißt. Was Israel fehlt, ist also die Klärung seiner und damit der jüdischen Identität.

Doch mit einer nicht perfekten, in vielem unfertigen Identität kann Israel leben – als Staat unter anderen Staaten, die ja vielfach ebenfalls in ethnischen und religiösen, in sozialen und anderen Widersprüchen leben. Diese Unfertigkeit kann durchaus als Teil einer Normalität gelten.

Aber mit jedem Stück Normalität geht ein Stück jüdischer Identität verloren. Der Staat der Juden, bis 1948 die Fantasie der Zionisten, erhielt seine Dynamik von seinem Ausnahmecharakter: Als Fluchtinsel der Verfolgten konnte er kein Staat wie andere auch sein. Die großen Wellen der Alijah, der jüdischen Wanderung nach Palästina, haben mit der Einwanderung der Juden aus der früheren Sowjetunion ihren vielleicht letzten Höhepunkt erreicht. Massenhafte Einwanderung nach Israel wird es wahrscheinlich nicht mehr geben – woher sollte sie auch kommen?

Dieses Stück Normalität Israels ist ein Stück Normalität jüdischer Existenz, jüdischer Identität. Zum ersten Mal in der Geschichte des Zionismus kann davon ausgegangen werden, dass grundsätzlich kein Jude und keine Jüdin daran gehindert werden, nach Israel auszuwandern. Mit dem Ende des sowjetischen Systems sind die Juden in aller Welt frei von politischen Bedingungen, die sie an der Wahrnehmung der zionistischen Option hindern könnten. Sie sind frei, zu Israelis zu werden.

Damit entwickelt sich allmählich eine Zweiteilung jüdischer Identität: Die eine, die israelische, die zionistische, ist primär national, bezogen auf einen konkreten Staat, der Schritt für Schritt seiner Normalität näher gekommen ist. Die andere Identität umfasst die bewusste Entscheidung, nicht nach Israel auszuwandern. Diese Variante jüdischer Identität verliert daher allmählich, aber unvermeidlich ihre nationale jüdische Komponente. Sie führt letztlich zu einer – teilweise neuen – Form der Assimilation.

Deshalb haben Zionisten Probleme mit einem – möglichen – Rückgang des Antisemitismus. Denn eine solche Entwicklung nimmt dem Staat Israel einen besonderen Motor, eine besondere moralische Qualität – und verleiht ihm Normalität, nach der sich die Zionisten zwar sehnen, die sie aber auch als Gefahr sehen.

Anders als in Europa gibt es in den USA reale Anzeichen dafür, dass der Antisemitismus rückläufig ist. In diesem christlich geprägten Land, in dem – neben dem Staat Israel – die größte Zahl von Menschen mit jüdischer Identität lebt, sind Juden erfolgreich: in Wirtschaft und Politik, in Kultur und Wissenschaft. Das Land, das – historisch – die zweite große Alternative des vom Antisemitismus vertriebenen Judentums in Europa darstellte, war nicht frei von Antisemitismus. Im Gegenteil: Antisemiten verzögerten die Öffnung der USA für die dem Holocaust entkommenen europäischen Juden. Der Ku-Klux-Klan bekämpfte nicht nur „Schwarze", sondern auch Juden (und Katholiken). Bis zur Mitte des 20. Jahrhunderts wurden Juden in elitären Clubs diskriminiert. An US-Universitäten herrschten lange Zeit Quoten, die den Zugang von Juden begrenzen sollten.[33]

Doch das hat sich geändert – und nicht wie in Europa unter dem Zeichen einer abnehmenden Präsenz der Juden, sondern im Zeichen ihrer wachsenden Präsenz. Vermutlich haben, generell, noch nie Juden in einem nichtjüdischen Gemeinwesen so günstige Bedingungen vorgefunden wie in den USA am Beginn des 21. Jahrhunderts.

Der Rückgang des amerikanischen Antisemitismus bedeutet aber, dass die Option, die Theodor Herzl ursprünglich wahrnehmen wollte, und die aufzugeben er dann gezwungen war, für immer mehr Juden in den USA real wird: die Option partieller Assimilation. In den USA hat das Judentum die Chance, zu einer religiösen Identität neben vielen anderen religiösen Identitäten zu werden und den – mentalen – Davidstern endlich ablegen zu können.

Aber was bedeutet das für die jüdische Identität? Ein – mögliches – Szenario geht von einem zunehmend „normalisierten" Nationalstaat namens Israel und von einer zunehmend „normalisierten" Situation der Juden als Religionsgemeinschaft in den USA aus. Der Hass auf die Juden verliert, in diesem Szenario, an politischer Wirkung. Die reale Utopie Theodor Herzls vor seinem Urerlebnis während des Dreyfus-Prozesses – das Leben als assimilierte Juden in einer säkularen Gesellschaft – ist ebenso Wirklichkeit wie die zweite, die spätere Utopie Herzls: der jüdische Staat, der ein Staat wie alle anderen auch ist.

Noch gibt es ein „Gegenszenario", das mindestens soviel Wahrscheinlichkeit besitzt wie das eben entworfene: Der Antisemitismus ist lebendig – mehr denn je. Vielleicht nicht in den USA, sehr wohl aber in Europa – und zunehmend, als Exportgut, auch in der Welt des Islams, auch in Japan. Der Antisemitismus wird in absehbarer Zukunft nicht einfach verschwinden – deshalb kann er seine Aufgabe, „den Juden" zu machen, weiterhin erfüllen.

Dennoch: Die Entwicklung ist in Fluss; am wenigsten wohl in Europa – sehr wohl aber in Israel, sehr wohl in den USA. Der Antisemitismus ist lebendig – und er globalisiert sich. Aber eben weil er lebendig ist, ist er nicht mehr einfach derselbe Antisemitismus, den Theodor Herzl kennen gelernt hat.

Wer Jude ist, das bestimmen die anderen. Es ist der Antisemitismus, der den Juden macht – so der überzeugende Zugang Sartres zur „Judenfrage", die eben keine ist. Wenn aber die Kraft des Antisemitismus nachlässt – wer bestimmt dann die jüdische Identität?

Die Rahel Varnhagen des 21. Jahrhunderts könnte die Freiheit finden, die jene des 19. Jahrhunderts nicht finden konnte: für eine jüdische Identität zu optieren, ohne damit eine Paria-Existenz auf sich nehmen zu müssen.

Daniela Ingruber

# Die zweite Nachkriegsgeneration: Auf der Suche nach einer eigen(-ständig-)en Deutung

## 1. Was sind Juden in Ihren Augen – ein Volk, eine Religionsgemeinschaft, eine Rasse?

Ein älterer Herr, der den Zweiten Weltkrieg erlebte, der um manche Erfahrung reicher als eine junge Wissenschafterin Mitte Dreißig, stellt Fragen zur österreichischen und deutschen Vergangenheit, die leider auch unsere Gegenwart ist. Unbequeme Fragen. Und stellt allem voran die Frage, ob ich bereit sei, diese zu beantworten, ganz in meinem Stil, wie ich mir eine Antwort vorstelle, losgelöst vom Nachschauen bei Erfahrungen vorhergehender Generationen. Als ein Beispiel für meine Generation.

Wie könnte ich anders als ja sagen, als mich in jene Fragestellungen vertiefen, um Einiges zu sagen, von dem ich glauben könnte, dass es in der gängigen Diskussion zuweilen ausgelassen werde; in der Darstellung des Nationalsozialismus, in der Diskussion über die Schuld, tatsächliche, vererbte und erlernte Schuld einer Nation.

Die Einladung zum Schreiben lautete „aus der Perspektive dreier Generationen". Doch der Glaube, ich könne für meine Generation sprechen, würde eine Verallgemeinerung erfordern, die gerade der gestellten Thematik nur wenig dienlich wäre.

Ich entscheide mich daher für einen sehr persönlichen Erzählstil, der je nach Frage und deren Bezug zu mir ein wenig unterschiedlich sein wird.

Das Ich als ein Beispiel.

Ich, das bedeutet eine junge Wissenschafterin, pendelnd zwischen Theater- und Politikwissenschaft, zwischen Lehre, Politischer Bildung und Realpolitik. Ich, das ist eine Osttirolerin, geboren in den sechziger Jahren, mitten hinein in eine Zeit des Aufschwungs und des Glaubens an eine Befreiung aus den Ketten der Erziehung vorhergehender Generationen. Ich, das bedeutet aber auch das verwöhnte Einzelkind, dem die Welt zu Füßen gelegt wurde, das erst in den Slums von Indien, in abgeschiedenen Dörfern Ägyptens und im Bürgerkrieg El Salvadors arbeiten musste, um zu begreifen, dass politische Schuld nicht vererbbar ist, aber Verpflichtungen schafft.

*Mit anderen Worten: die jüdische Wirklichkeit*
*widerspricht diametral dem Bild,*
*das ich mir vom Judentum mache.*
Vilém Flusser[34]

Die Juden, ein Volk, eine Religionsgemeinschaft oder eine Rasse? Einer der drei Begriffe lässt sich einfach ausgrenzen: die „Rasse". Ich glaube nicht an menschliche Rassen. Wie könnten die Juden eine Rasse sein, wenn es beim Menschen keine solchen gibt? Wie könnte ich eine Gruppe, die so heterogen ist, im Gegensatz zum einst gängigen Vorurteil so vielschichtig, zu einem „Rassenbild" reduzieren?

Die Juden, ein Volk?

Oder eher eine Religionsgemeinschaft?

Ich halte beides für richtig. Einzig der Begriff „Rasse" kann nur falsch sein.

Denke an jüdische Bekannte meines Alters. Was sollten sie anderes sein als ich? Trennt uns tatsächlich die Vergangenheit, die wir nicht erlebt haben, so weit, dass wir uns fundamental unterscheiden? Ich sehe nur diesen Unterschied: die Vergangenheit unserer Vorfahren.

Religiös sind meine Bekannten vielleicht ebenso wenig wie ich. Da sie sich selbst als Jude oder Jüdin bezeichnen, tue ich es auch – für sie; trotz aller Belastung des Begriffs. Demnach steckt hinter dem Begriff weniger eine Religionsgemeinschaft als ein Volk, im Bewusstsein seiner Kultur und Geschichte.

Ich sehe diese Freunde und Freundinnen eher als Österreicher und Österreicherinnen denn als Juden und Jüdinnen. Warum fällt es mir so schwer, sie Letzteres sein zu lassen, indem ich das Wort „Jude" zu meiden bemüht bin? Weil mir die Verallgemeinerung nicht gefällt. Mehr noch: Das Wort „Jude" bereitet mir als belasteter Begriff Schwierigkeiten. Seit der Zeit, als es ein Schimpfwort war, ist es noch zu wenig rückerobert worden aus der Diskriminierung.

Ganz anders bei den Armeniern. Sie bezeichne ich wie selbstverständlich als Armenier und Armenierinnen, als Volk – trotz der ähnlichen Geschichte. Wo liegt der Unterschied?

In einer Schuld, für die ich nicht verantwortlich bin, die ich allerdings als Österreicherin letztendlich doch „vererbt" bekommen habe, indem sie belastet. Entsetzen über das, was meine Großeltern vielleicht nicht verbrochen, aber doch zumindest nicht verhindert haben. Wahrscheinlich nicht einmal zu verhindern gesucht hatten. Ihre Generation war es, die so manches Wort unserer Sprache in der Bedeutung veränderte, ihm eine Definition festschrieb, die nun unauslöschlich scheint. Das war vielleicht ihr geringstes Verbrechen; und ist trotzdem aktueller als vieles andere aus jener Zeit.

Im 21. Jahrhundert stolpere ich noch immer über so manches jener Worte. „Jude" ist eines davon. Keine Möglichkeit, das Wort auszusprechen, niederzuschreiben oder zu lesen, ohne an Auschwitz zu denken – und an die nicht wieder gutzumachende Schuld.

Stelle mir nun die Frage, was hinter dem Wort steckt. Befrage andere meiner Generation, höre ihr Stöhnen, das Abwägen, das vorsichtige Formulieren. Jedes Gespräch darüber endet mit der Feststellung, dass die Frage letztlich nicht zu beantworten sei.

Ich versuche es dennoch.

Eine Religionsgemeinschaft kann durch gemeinsames Schicksal ein Volk werden.

In der Bibel stehen die Worte vom „auserwählten Volk".

Was ist ein Volk?

Es hat als solches eine gemeinsame Geschichte, Kultur, Herkunft, eventuell auch Sprache. Immer schon eng verbunden mit dem Begriff des Volkes war der gemeinsam erlittene Krieg – auch der Frieden. Ideologie als identitätsstiftende Gemeinsamkeit ist dazu nicht nötig. Wohl aber beim Begriff der Nation, der sich zusätzlich der Unterwerfung unter eine gemeinsame Ideologie bedient und für einen modernen Politikbegriff steht.

Die Armenier und Armenierinnen sehen sich als Volk, über die Grenzen der Religion hinaus. Einige konvertierten, wie es Juden taten, um sich anzupassen, um in Ruhe gelassen zu werden, um zu überleben. Sind die Armenier und Armenierinnen deswegen weniger als eine Religionsgemeinschaft – oder mehr?

Wir sind nicht einfach nur Christen, Österreicher und Österreicherinnen und/oder Tiroler und Tirolerinnen. Wir sind darüber hinaus auch Europäer und Europäerinnen, Schüler der Geschichte und Erben unserer Ahnen, die wiederum vieles waren.

Die Welt scheint voller Menschen, die gerne etwas oder jemand anderer wären?

Erinnere mich daran, den Arierausweis meiner Großmutter gefunden zu haben. Erinnere mich auch an meine Enttäuschung darüber, dass meiner Großmutter und damit in der Folge auch mir „Ariertum“ bestätigt worden war. Auf einem schmutzigen, vergilbten Stück Papier, dessen Bedeutung einst den Unterschied zwischen Leben und Tod bedeutet hatte. Ich hatte zwar aufgrund der Familiengeschichte nichts anderes erwartet, war dennoch enttäuscht. Ohne zu ahnen, was ich mit dem Begriff „Jude/Jüdin“ verbunden hätte. Akzeptierte damit ein Einteilungssystem, obwohl ich nicht an menschliche Rassen glaub(t)e.

Indem in „wir“ und „sie“ eingeteilt wird, entsteht zum Subjekt der Identifikation das Bild „der anderen“, das Objekt. In Tirol nennt man Touristen noch immer „Fremde“. Das muss nicht direkt feindlich oder abwertend gemeint sein – und ist es letztlich doch, als eine Abgrenzung gegenüber jenen Menschen, die man zu sehen gewohnt ist, die zum Alltag, zum gewohnten Leben, zum täglichen Anblick dazugehören.

In diese Klassifikation von „wir“ und „sie“ hinein passt jede weitere Unterscheidung. Das Bild wird im Laufe der Zeit vervollständigt, doch wird es nicht dem Menschen angepasst, sondern umgekehrt. Wir machen uns ein Bild vom „anderen“, und durch unsere vorgefasste Meinung sorgen wir dafür, dass er oder sie so „wird“, wie das Bild bereits aussagt. Wir achten darauf, den „anderen“ so werden oder zumindest erscheinen zu lassen, wie wir ihn oder sie immer schon gesehen haben, seit wir das Bild entworfen hatten. An die Zeit davor erinnern wir uns ohnehin nicht. Und meist bekommen wir als Nichtjuden dabei Unterstützung – ausgerechnet von jenen „anderen“, den Juden.

Das Anders-Sein wird auf beiden Seiten kultiviert. Und das im Falle der Differenzen zwischen Juden und Christen bereits seit 2000 Jahren.

Indem die Juden im Laufe der Jahrhunderte begannen, sich mit den ihnen zugeschriebenen Eigenschaften des Anders-Seins ernsthaft zu beschäftigen – und sei es nur in deren Ablehnung –, begann bereits die Identifizierung mit diesen Eigenschaften; ähnlich den Armeniern, von denen ein (armenisches) Klischee besagt, sie seien geschäftstüchtiger als die Juden. Es treffen hier zwei Verallgemeinerungen aufeinander. Der Armenier, der Obiges von sich sagt, akzeptiert das beleidigende Klischee nicht nur, sondern nimmt eine andere marginalisierte Gruppe, in diesem Fall die Juden, in die Klassifizierung auf – und bejaht damit das festgeschriebene Vorurteil und trägt es weiter.

Ich beantworte die Frage und sehe, dass ich das Wort „Jude“ erst zurückgewinnen muss. Es wieder benutzbar machen. Ich kann das nur von den Juden selbst lernen. Und in diesem Aspekt müssen sie mehr sein als eine Religionsgemeinschaft: ein Volk.

Welches Wort wählen, wenn man als Nichtjüdin darüber nachdenkt, was eine Jüdin oder ein Jude sei?

Allein der Umstand des Nicht-beginnen-Könnens, des fast unendlichen Zögerns, bis endlich ein Wort am Papier steht, das gut genug sein könnte, richtig genug zu sein den Anspruch haben dürfte. Dieses Zögern, ausgelöst von der Angst wiederum nur vorzuverurteilen, zeigt, wie wenig unbefangen über eine Tragödie geredet werden kann, die nur scheinbar der Vergangenheit angehört.

Nehme mir als Hilfe einen Juden zum Vorbild für mein Nach-Denken, einen Juden, der auch in anderer Hinsicht mein Denken tief beeinflusste: Vilém Flusser, der von sich selbst sagte, dass er „viel zu sehr ‚Grieche‘, ‚Römer‘, ‚Germane‘ und

‚Christ' sei, um total Jude zu sein"[35]. Das Drängen, sich als Jude verstehen zu müssen, intendiert von Nichtjuden ebenso wie von Juden, widersprach seiner Vorstellung und Identität.

Als vor einigen Jahren das zunächst umstrittene Mahnmal von Alfred Hrdlicka in Wien aufgestellt wurde, waren es vor allem auch Juden, die dagegen protestierten. Der den Boden putzende Jude als Teil des Mahnmals verletzte. Andere, meist Nichtjuden, sahen dieselbe Gestalt als aufklärerisch, als notwendig, um die Entmenschlichung durch den Raub der Würde be-greif-bar zu machen. Ein Großteil jener österreichischen Juden, die an die Öffentlichkeit traten, sah die Figur als Provokation, als Wiederholung der Geschichte, doch aus Metall und daher als neuerliche Verhöhnung der Opfer von damals. Die Umkehrung des „ewigen Juden", der auf ewig entwürdigt, verletzt und gefoltert wird.

Als die ersten Touristen und Touristinnen den Gebeugten, Knienden als Bank missverstanden und ihre Taschen auf seinem Rücken abstellten oder im schlimmsten Fall einen Snack auf dem vermeintlichen Rastplatz einnahmen, zeigte sich die Angst vor Entwürdigung als berechtigt. Missverständnis und Nichterkennen-Wollen. Seither „schützt" ein Draht vor solcher Annäherung und versinnbildlicht umso deutlicher, dass die Scham der Nachgeborenen konkreter darstellbar ist als das Grauen des Holocaust.

So stelle ich mir Juden als eine Religionsgemeinschaft vor. Doch auch als ein Volk, nicht zuletzt mit der Sehnsucht, zu überleben; in Ruhe.

## 2. Hat sich Ihre Einstellung zu den Juden im Laufe Ihres Lebens geändert?

*Wie wir es auch wenden,*
*die Idee vom Juden*
*erscheint als das Wesentliche.*
Jean-Paul Sartre[36]

Mit Beschämung zwar, doch: Die Antwort auf diese Frage muss „Ja" lauten.

Als Kind und Jugendliche sozialisiert mit Klischees, die überlebt hatten in einer Kleinstadt, einer ländlichen Gegend, wo die meisten Juden schon im Mittelalter vertrieben oder ermordet worden waren. Eine Region, in der noch nicht wirklich darüber gesprochen wird, was im Zweiten Weltkrieg geschehen ist. Ein anderes Drama, der vielfache Mord an den Kosaken und das Schweigen der Einheimischen dazu, überdeckt in jener Gegend die Geschichte der Juden. Von den „arisierten" oder besser gesagt geplünderten Häusern, Firmen und der Entwürdigung von Besitz wird nicht gesprochen. Die in den letzten Jahren dazu veröffentlichten Bücher waren gut gemeint. Sie gingen vor allem einen Weg des Kompromisses und waren in ihren Ungenauigkeiten und vorsichtigen Verrenkungen langatmig und eine Meinung der Masse, die ohne Gedächtnis lebt, bestätigend statt aufrüttelnd für die Menschen meines Heimattals. Antisemitismus und Fremdenfeindlichkeit gelten als ehemaliges Phänomen, als vergangen, als das Problem anderer Regionen. Diskriminierung im Alltag ist hier so eingeführt und alltäglich, dass sie nicht auffällt. Man wähnt sich vorurteilsfrei. Es ergeht dabei allen Minderheiten ähnlich, vom Homosexuellen, der die Stadt verlassen muss, um frei leben zu können, bis zum ägyptischen Zeitungsausträger, der zwar von allen gekannt, gemocht und hochgehalten wird – es stört die vermeintliche Idylle bloß ein wenig, dass er für immer „der Ägypter“ bleiben wird (jeder Tiroler Zeitungsausträger besäße von Anfang an einen Namen, der merkbar wäre; wie auch der Ägypter, wollte man sich den Seinen jemals merken).

Niemand fragt nach den arisierten Betrieben, obwohl sich ältere Menschen noch an ehemalige Besitzer gewisser Firmen der Kleinstadt erinnern.

Im besten Falle ist zu erfahren, diese seien in den dreißiger Jahren „weggegangen“. Mehr nicht. Nicht nur die Antworten fehlen, auch die Fragen bleiben meist ungestellt.

Bilder aus einer Kindheit in den siebziger Jahren:

Ein Besuch in Bad Gastein. Auf der Straße Menschen in dunklen Mänteln und Pelzkappen, Frauen und Kinder in schwarzer Kleidung, Locken und anmutige Bänder. Und starrende Beobachter und Beobachterinnen. Der Blick der anderen Betrachter und Betrachterinnen war schon für das Kind auffälliger als der Eindruck des eigenen Schauens, das mit offenem Munde stattfand. In unserer Stadt gab es das Bild nicht. Die Fragen danach wurden unzureichend beantwortet, was das Interesse verstärkte. Die Antwortenden gaben gleichzeitig zu verstehen, dass weiteres Nachfragen kaum erfolgreich ausfallen würde. Man wusste nichts. Man wollte nicht wissen.

Das Judentum war scheinbar nie ein Thema gewesen in meiner Heimat. Die Juden selbst, ob als Volk oder Religionsgemeinschaft, ebenso wenig. Es hätte „bei uns“ keine Juden gegeben, hörte ich. Der Holocaust sei vor allem ein Problem in Ostösterreich und eine Sache der Großstädte gewesen. Auch das hörte ich, das wollte ich glauben. Nichts von dem stellte sich als wahr heraus.

Den Vorstellungen, wie ein Jude aussehe, wie er oder sie heiße, und dass die Juden nicht nur Jesus ermordet, sondern auch im Mittelalter eigenartige, gewalttätige Taten vollbracht hätten, entkam ich allerdings auch in der idyllischen Kleinstadt nicht. Die Sage vom Anderl von Rinn kursiert in Tirol noch immer. Auch wenn man in Osttirol kaum mehr darüber erfährt, als dass Unrecht geschehen sei. Einst.

Wie Juden aussehen? Es war etwas, um darüber nachzudenken, minutenweise – ohne die Belastung, etwas von Mitschuld zu ahnen. Die Kriegsgeschichten der Großmutter erzählten immer nur von der eigenen Armut, dem selbst erlebten Elend, dem knappen Überleben der Familie, dem Fast-Tod meiner Mutter und auch meines Vaters. Die Erzählung, wie mein Großvater dem Zug nachlief, den er versäumt hatte, wie er direkt in den Tod lief, weil der Zug entgleiste, wie er Opfer einer großen Überschwemmungskatastrophe mitten im Zweiten Weltkrieg wurde, war stärker als die Erzählungen über die Verbrechen im Nationalsozialismus. Der Krieg wurde nicht romantisch dargestellt, auch nicht verklärt, wurde gleichzeitig niemals auch nur im Geringsten in Zusammenhang mit dem Schicksal von Juden oder anderen Verfolgten gebracht.

Der Geschichtsunterricht, der vom Holocaust sprach, wirkte wie eine andere Wirklichkeit. Und ich brauchte viele Jahre, um den Umstand, im Zweiten Weltkrieg im Hause meiner Großeltern einen französischen Kriegsgefangenen als Arbeiter gehabt zu haben, skandalös zu finden, da er auch noch während meiner Kindheit über Jahre hindurch immer wieder auf Besuch kam und den Kontakt nach dem Krieg nie ganz abgebrochen hatte. Lange dachte ich, einen Freund der Familie zu sehen. Verstand nicht, dass er einst ein Gefangener und damit Zwangsarbeiter gewesen war. Heute ist er tot, ich kann ihn nicht mehr dazu befragen.

Es heißt, die Nachgeborenen hätten es leichter, sich mit dem Nationalsozialismus zu beschäftigen.[37] Die Distanz mache den Unterschied aus. Ja, die Distanz, die Geschehnisse nur aus Büchern und Erzählungen zu kennen, erleichtert die persönliche Distanzierung von der Thematik des Judenhasses. Theoretisch. Jene Wirklichkeit, in der meine Generation lebt, erfüllt diesen Vorteil partiell. Denn parallel dazu findet der Alltag statt. In Österreich bedeutet das eine viel zu späte und hauptsächlich von außen erzwungene Aufarbeitung, die zum heutigen Zeitpunkt stattfindet. Unter dem höhnischen Titel „Wiedergutmachung". Die Geschehnisse sind dadurch alles andere als Vergangenheit. Und mit ihnen auch die in den Medien geschürten Ressentiments. Jede Frage nach Restitution endet beim Finanziellen, das manche Politiker und Politikerinnen wiederum nicht zu geben bereit sind. Von der ethischen Verantwortung des Staates Österreich gegenüber den Nachfolgegenerationen der Juden in Österreich wird geschwiegen. Es wird der schwierigere Teil werden. Über Jahre.

Ein von Juden und selbsterklärten Philosemiten wiederholt angeführtes Argument gegen lange dauernde Wiedergutmachungsdiskussionen heißt: nur nicht zu laut sein, nicht zu auffällig, damit der Hass nicht wieder geschürt wird.

Lauter sein, spricht hingegen die andere Stimme. Laut genug sein, um die Stimmen der Opfer nicht nur hörbar, sondern auch verstehbar zu machen.

„Mich ärgert die Unschuld dieser Bevölkerung. Die sind alle unschuldig. Ich mag keine unschuldigen Menschen. Sie sind an nichts schuld gewesen."[38]

Hätten die Großeltern der Österreicher und Österreicherinnen mehr Vor- und Umsicht im Umgang mit ihrer Geschichte und Erfahrung gezeigt, müssten die Enkel und Enkelinnen der Ermordeten und Betrogenen heute nicht vor US-Gerichten klagen. Die Aufarbeitung ist auf beiden Seiten eine Notwendigkeit. Verarbeiten kann letztlich nur gemeinsam stattfinden, um nicht neuerlich allein die Verschiedenheit zum Ausgangspunkt zu erwählen. Mentale Ghettos darf es dann keine mehr geben. Die Differenz könnte längst als Fiktion erkannt und als kreativer gesellschaftsbildender Akt verstanden werden; sie könnte Ausgangspunkt sein für ein Begreifen, das den Betroffenen den Spielraum zum Handeln eröffnet. Die Differenz könnte dann endlich als ein Tun verstanden werden und müsste nicht mehr ein passives und passiv-machendes Vorurteil darstellen.

Wie wäre eine Gesellschaft, in der sich alles vermischte, jede Kultur, jede Religion, auch die verschiedenen Sprachen nur noch Relikte, Überbleibsel wären? Eine Gesellschaft ohne Differenzen? Ohne Konflikte? Ohne Kriege? Vermischung der Völker, alle Menschen wären ähnlichen Einflüssen ausgeliefert, die Lebenssituationen glichen sich einander an. Die Folge: eine Angleichung im Mensch-Sein, als ob diese nicht immer bestanden hätte. Dies entspräche der Bequemlichkeit, sich überall alles Brauchbare zu nehmen.

Die Vorstellung von einer Welt, in der es keine Konflikte mehr gibt, in der wir alle friedlich nebeneinander leben, setzt für die meisten Menschen auch voraus, dass sich unsere Kulturen auflösen wie das Salzmännchen im Meer. Das Spezifische an einer Kultur ginge dadurch verloren. Vielleicht auch ein Teil der streitbaren Einstellungen. Der Verzicht auf Kreativität und Individualität zum vermeintlichen Wohl des Friedens.

Warum nicht optimistischer sein? Die Differenzen sind wichtig, machen die Vielfalt aus, die erst zu kreativer Form des Umgangs mit Konflikten führen kann.

Zurück zur Ausgangsfrage:

Prägend waren für mich zwei Ereignisse: Sie fanden in den Jahren 1986 und 1988 statt, das Erstere in Bezug auf die Affäre Waldheim und das Zweite als Gedenkjahr. Umbruch, neues Nachdenken, Suchen nach Wahrheiten. Die Begegnung mit Widerstandskämpfern und -kämpferinnen, mit Personen aus Konzentrationslagern. Damals begriff ich, dass die Geschichten der Kriegsgeneration zumindest insofern wahr waren, als es schwer zu begreifen ist, wenn politische Begeisterung in Blindheit und Euphorie umschlägt, die keine andere Wahrheit mehr sehen möchte als die eigene. Zum ersten Mal musste ich mir selbst eingestehen, dass ich ohne das Vorwissen von heute im Jahr 1938 vielleicht ebenso leicht verblendet werden hätte können. Oder zumindest heute nicht exakt wissen kann, wie ich reagiert hätte – ohne das Wissen von heute. Eine Entschuldigung für die Generation meiner Großeltern kann das allerdings keinesfalls sein. Vielleicht hätte ich gejubelt, vielleicht einfach zu allem geschwiegen. Während ich Letzteres der Großelterngeneration vorwerfe, muss ich erkennen, dass ich nie wissen werde, wie ich gehandelt hätte. Musste erst den Bürgerkrieg in El Salvador erleben, um zu lernen, dass es sich lohnt, das eigene Leben zu riskieren, um ein anderes zu schützen. Die Schuldzuweisung an die Generation meiner Großeltern war zwar richtig, doch bei weitem zu überheblich gewesen. Gerade so, als hätte der politische Irrtum für mich nie einer sein können. Die Arroganz der Spät-Geborenen ist nichts anderes als Unwissenheit über sich selbst. Dabei soll diese Selbsterkenntnis keinesfalls Verständnis für die Täter und Täterinnen sein. Unwissenheit über das eigene Verhalten. Und die Sehnsucht wissen zu wollen, dass man selbst besser reagiert hätte, aufgestanden wäre gegen die Masse.

Jugend in der Kleinstadt:

Ich wusste nichts über Juden. Erfuhr wenig. Und meinte doch, eine Vorstellung zu haben. Ahnte etwas Dunkles und Mystisches – ohne zu wissen, warum und woher. Annahme vermittelter Bilder.

Die Minute, in der dieses Bild zusammenbrach und sich in Scham verwandelte, ist mir genau in Erinnerung: ich, damals eine fünfzehnjährige Schülerin. Kaffeehausbesuch mit einer älteren Freundin, deren Meinung ich wertschätzte, schon allein, weil sie sich mit mir als jüngerer Schülerin beschäftigte, mich lehrte. Andere nannten sie verschroben, weil sie lieber in Gesellschaft eines Buches war, als sich mit anderen Jugendlichen zu treffen und über Mode oder Musik zu sprechen. Ein Mann betrat das Kaffeehaus. Ein Mann, den ich nicht kannte. Er sah kurz zu uns herüber, musterte uns, ging dann zu einem anderen Tisch. Ich meinte, stechende Augen zu erkennen.

Wir begannen über diesen Mann zu sprechen. Meine Freundin schien ihn zu kennen. Irgendwann sagte ich: „Er sieht unheimlich aus. Irgendwie anders. Ich weiß nicht, er sieht wie ein Jude aus."

Unbedachte Worte. Schlimmer noch: Ich hatte gleichzeitig nicht die geringste Ahnung, ob ein Jude erkennbar sein könnte oder nicht, und schon gar nicht, wie ein Jude aussehen müsste, wenn er tatsächlich erkennbar wäre. Die unheimliche, ein wenig fremde Art des Mannes hatte zu meiner Bemerkung geführt. Vorurteil. Meine Freundin sah mich entsetzt an, sagte: „Hast du je einen Juden gesehen? Weißt du, wie ein Jude aussieht?" Ich musste verneinen, was meine Freundin noch mehr ärgerte: „Dann sprichst du so wie die anderen. Das ist antisemitisch." Ich verteidigte mich mit dem dümmsten aller Sätze: „Ich habe ja nichts gegen Juden, aber so wie er aussieht, stelle ich mir einen Juden vor."

„Genau das meine ich", erwiderte meine Freundin. Sie erklärte mir schließlich, was meine Lehrer und Lehrerinnen verabsäumt hatten, die Gefahr von Vorurteilen und den Umstand, dass wir nicht davor gefeit sind, Vorurteile zu haben, auch wenn wir uns noch so gerne als nicht rassistisch und nicht fremdenfeindlich oder nicht antisemitisch geben.

Kleine Geschichte. Ein Gespräch, an das sich meine damalige Freundin wahrscheinlich längst nicht mehr erinnert. Für mich war es die Minute einer Veränderung. Damals begriff ich, dass auch ich die Vorurteile in mir trage, dass ich vorsichtig sein muss, um nicht die Fehler meiner Vorfahren fortzusetzen, von denen ich stets behauptet hatte, dagegen immun zu sein.

Ich musste in mir etwas erkennen, das ich an anderen Menschen verurteilt hatte.

Aber inwieweit ich nun tatsächlich davon befreit bin? Das reine Wissen um die Gefahr der Selbstlüge. Die Unbefangenheit ist verloren. Zu viele Irrtümer, wie die naive Einstellung: Freude am Anblick einer jüdischen Ästhetik, ohne mehr wissen zu wollen. Freude über schöne überlieferte Geschichten. Ein romantisches Bild, getrennt von der Geschichte, wie um diese nachträglich ungeschehen zu machen.

Sehe anhand meiner Generation, dass die Thematik Antisemitismus und Nationalsozialismus zu langweilen beginnt. Sie wird gegenüber früher gleichgültiger liegengelassen, im Alltag. Deswegen wird sie um nichts unbedeutender.

Ängstlicher Blick in die Zukunft.

## 3. Wie erklären Sie heute den jungen Menschen Hitler und die Judenvernichtung?

*die erkenntnis kann an einem anderen ort gebraucht werden als wo sie gefunden wurde*
Bertolt Brecht[39]

Ich stamme aus der ersten Generation, die nicht im oder kurz nach dem Zweiten Weltkrieg geboren wurde. Der Luxus der „späten Geburt" äußert sich nicht nur im Segen, den Zweiten Weltkrieg nicht erlebt zu haben. Er bedeutet insbesondere eine Verpflichtung gegenüber der Jugend. Meine Generation hat mit dem Erwachsenwerden die Verantwortung übertragen bekommen, wesentlich zu beeinflussen, wie jüngere Generationen mit der Vergangenheit unseres Heimatlandes, somit auch mit Antisemitismus und Nationalsozialismus umgehen (werden). Die Verantwortung für Kommendes inkludiert den Umgang mit der Vergangenheit und kommt direkt aus jener, da viele Großeltern aufgrund der Manipulationen an und durch den Umgang mit ihren Biografien nicht mehr glaubwürdig sind. Die Pflicht, aus der Geschichte gelernt zu haben, soweit das möglich ist.

Es gibt keine Kollektivschuld; aber wie könnte der Antisemitismus einfach nach 1945 verschwunden sein?

Sätze einer eigenständigen Vergangenheit, dass heute alles anders sei, wir nichts mehr mit jener Zeit zu tun hätten, sind falsch. Unsere Aufgabe lautet, Ähnlichkeiten im Denken von damals und heute aufzuzeigen: Ideen sterben nicht unbedingt mit dem Untergang einer Ideologie.

Kann sich das, was einst geschehen ist, wiederholen? Kann die Gesellschaft von heute dieselben Fehler machen?

Schon die Möglichkeit muss verhindert werden.

Suche nach einer Methode.

Die Mittel zur historischen Aufklärung in der Schule können, egal ob im Geschichtsunterricht oder in der Politischen Bildung, heute nicht mehr bloß ein Kapitel im Schulbuch und ein darauf folgender Test mit Benotung sein. Auswendiglernen von Daten, Namen und Opferzahlen. Eine solche Abhandlung der Thematik hieße, die Opfer ein weiteres Mal zu verhöhnen.

Im (Des-)Informationszeitalter können andere Mittel für die Politische Bildung benützt werden. Vorausgesetzt, man sieht Politische Bildung als Notwendigkeit.

In der seit Februar 2000 im Amt befindlichen österreichischen Regierung sind erstmals Minister und Ministerinnen meiner Generation. Im Laufe der kommenden Jahre werden es mehr werden. Dasselbe gilt für leitende Arbeitsplätze in Wirtschaft und Kultur.

Dieser Generation wird es leicht gemacht zu vergessen, dass die Zeit des Nationalsozialismus unsere heutige politische Identität prägt. Die ständig wiederkehrende Besprechung erscheint zuweilen lästig. Manche Filme über jene Zeit wurden bereits so oft gesendet, dass sie einerseits in den Zitatenschatz übergegangen sind (wie Franz Antels *Der Bockerer*) oder andererseits ihre Aufgabe ironisiert wird. Was einst abschreckend wirkte, kann dann übergangen werden.

Mehrmals pro Woche werden zumindest im deutschen Fernsehen Filme, Diskussionen oder Dokumentationen zum Thema Nationalsozialismus, Antisemitismus oder Faschismus gezeigt. Wäre es besser, solche Filme nicht mehr zu zeigen, weil es ohnehin stets dieselben Menschen sind, die sie sich ansehen? Eine Minderheit. Was hat es bewirkt, dass annähernd allen österreichischen Schülern und Schülerinnen *Schindlers Liste* gezeigt wurde?

Die authentischen Bilder und Filmaufnahmen aus den ehemaligen Konzentrationslagern sind vom Kino in den Fernseher und damit ins Wohnzimmer transferiert worden. Der kathartische Schrecken verebbt. Das Unfassbare verblasst, ohne dabei weniger schrecklich zu werden. Man gewöhnt sich an den Anblick. Der Brechreiz mag erhalten bleiben, doch reicht es dann wegzuschauen.

Der Kriegsfotograf Robert Capa arbeitete konträr dazu. Seine Bilder vermitteln eine anders aussehende Wirklichkeit. Er zeigt das auf einem Koffer sitzende Flüchtlingskind, den Mann, der seinen verletzten Bruder trägt, er beobachtet die Beobachter und vertauscht die Rollen: Fotografie von Menschen, die einem Luftangriff zusehen.

In diesen Fotografien warten Menschen, nicht bloß Opfer. Sie dürfen ihre Würde behalten – und sind uns Überlebenden oder Nachgeborenen damit ein wenig ähnlicher.

Das ist vermittelbar. Auch den Jugendlichen von heute.

Robert Capa waren die Bilder des Holocaust wohl zu eindeutig, zu unmissverständlich grausam, zu brutal für die Betrachter. Ihr Schrecken würde zuerst nicht ertragbar und dann zu abgeflacht sein. Das Hinsehen verhindert in der damit verbundenen Sichtbarmachung des Grauens den Blick hinter das Geschehnis. Der zu Tode gehungert wordene Mensch, der die Spuren der Folter tragende Mensch, sie sind zu weit von der eigenen Erfahrung des Betrachters entfernt; in der Fotografie entmenschlicht. Der Blick auf das Bild oder den Film vermittelt lediglich Angst und Bedrückung. Und verschließt somit die Augen davor, dass Grausamkeit nicht eine Erfindung der Vergangenheit, sondern eine entsetzliche Möglichkeit für alle Zukunft darstellt.

Der Anblick fotografierter KZ-Häftlinge ähnelt dem eines Filmes. Die Wahrheit mag im Bachmann'schen Sinne den Menschen zumutbar sein, sie ist als zu eindeutige Botschaft vom Zwang zum Schuldbekenntnis begleitet. Nichts verstellt die Möglichkeit zur Reflexion derart wie der Zwang zur Erkenntnis.

Im Gegensatz zu einem wohl überdachten und gut vorbereiteten schulischen Besuch im ehemaligen Konzentrationslager verlängert oder erneuert die Fotografie das Leiden, die Qual und die Folter. Der als Opfer immer passiv dargestellte Mensch, gequält, fast verhungert, entwürdigt und ein Schatten seiner selbst, wird als moralischer Auftrag zum Erkennen der so genannten volkseigenen Schuld der Deutschen und Österreicher und Österreicherinnen, gleichgültig welcher Generation. Der Vorwurf, der nicht oft genug wiederholt werden kann, muss gleichzeitig bei einer jüngeren Generation, die durch die späte Geburt an jenem Elend unschuldig ist, abprallen. Bilder dienen der Aufklärung. Als Lehre über ein System sind sie zuwenig. Die Vermittlung des Holocaust braucht andere Mittel.

Erinnerung an mein Studium an einer internationalen Universität: Beim Thema Faschismus oder Rassismus wanderten alle Blicke zur einzigen Österreicherin in der Gruppe. Und die Namen Hitler, Waldheim und Haider wurden gleichzeitig gemurmelt. Ständige Verteidigung eines Landes, bloß weil dort geboren, weil die Bevölkerung als unbelehrbar gilt. Der Zorn über die Kategorie, in die man als Österreicherin nahezu heideggerisch immer öfter „geworfen" wird, ist Empörung über das Klischee; diesmal eines gegen „uns", nicht von uns erfunden, wenngleich von den Österreichern und Österreicherinnen selbst provoziert. Mit großer Wahrscheinlichkeit kommt es sogar der eigenen Meinung nahe, will aber nicht gehört werden –

aus dem Munde anderer. Ist die Zurückweisung dieser Vorurteile stärker als die Besprechung der eigenen Ängste zu diesem Land?

„Denn es geht ja nicht darum, irgendeine Schuld auf sich zu nehmen und sich an die Brust zu schlagen. Man ist nur verantwortlich für das, was man im vollen Bewusstsein der Tat selbst getan hat. Darum ist das öffentliche Sich-an-die-Brust-Schlagen so widerwärtig, besonders in den Augen der Opfer."[40]

Der Besuch in Mauthausen oder Theresienstadt kann mehr über den Nationalsozialismus mitteilen als irgendein Buch, vorausgesetzt, dass jene Personen, die durch die Gedenkstätte führen, nicht nur ein Bewusstsein um die Geschichte des Ortes, sondern auch für die Aufnahmebereitschaft der Jugendlichen haben. Doch haben noch immer gewisse Schultypen in Österreich kein Schulfach Politische Bildung. Als Unterrichtsprinzip verwäscht es so bequem. Selbst die Ausbildungsmöglichkeiten für Lehrer und Lehrerinnen in diesem Fach sind bloß begrenzt vorhanden.

Die Erzählung, ob als Film oder als Geschichte eines älteren Menschen, der den Krieg erlebt hat, findet noch statt. Einige wenige Widerstandskämpfer und -kämpferinnen oder ehemalige KZ-Gefangene reisen noch von Schule zu Schule und erzählen aus ihren Erfahrungen. Ihre Worte erklären und verdeutlichen wahrscheinlich besser als alles andere. Doch Zeit wird zunehmend zum Faktor dieser Aufklärung der Jugend. Wie lange kann die Kraft der Zeitzeugen noch reichen?

„[...] aber die Geschichte wurde weniger von denjenigen mitbestimmt, die sich vom Nationalsozialismus distanzierten und sich ihm vielleicht sogar entgegenstellten, als vielmehr von den vielen, die ihn tolerierten oder unterstützten."[41]

Die Medien lassen bei aktuellen Themen Respekt vermissen. Sie schreiben für eine Masse und deren scheinbare Meinung.

Die Wiedergutmachung hat, egal wie hoch sie ausfallen könnte, immer nur symbolischen Charakter. Genau das aber wird der österreichischen Bevölkerung von Seiten der Regierung und der Verhandler und Verhandlerinnen nicht vermittelt. Es ist einfacher, die Bevölkerung über so genannte geldgierige Enkelkinder jüdischer Opfer klagen zu lassen, als sich einer anderen Wahrheit zu öffnen und damit eventuell Fragen beantworten zu müssen. Zu schweigen ist eine politische Haltung, die durch österreichische Politiker und Politikerinnen als gesellschaftsfähig vorgezeigt wird. Zuweilen erhalten sie dafür auch noch Lob als „besonnene" Politiker. Während sich auf der anderen Seite die Frage stellt, wie weit ein Politiker oder eine Politikerin gehen müsste, um Ersteren ein klares Statement gegen Rassismus, Fremdenfeindlichkeit und Antisemitismus zu entlocken. Und damit das Tor zur Diskussion wieder öffnen würde. Für die Ehre ihrer/unserer Kinder.

Jedes Bild ist manipulierbar. Auch im Sinne einer Metapher; das Bild, das man von einer Person, einer Gruppe, einem Volk hat. Filme prägen seit ihrer Erfindung Klischees, nicht selten im Auftrag einer Weltanschauung. Die Nationalsozialisten waren darin ebenso Meister wie die Anhänger Stalins. Die Filme Hollywoods während des Zweiten Weltkriegs standen den *atrocity stories* anderer Nationen nicht nach. Tatsächlich sind sie kaum unterscheidbar von den hetzerischen Filmen der NS-Zeit oder der UdSSR unter Stalin. Heute wirken diese Versuche der nationalsozialistischen Manipulation meist lächerlich. Mit einer medieninteressierten Jugend könnte an Ausschnitten daraus gearbeitet, die Irrationalität von Vorurteilen sichtbar und vergleichbar gemacht werden.

Eine weitere Möglichkeit: Leni Riefenstahls Filme zeigen die Macht von Propaganda. Faszination der Manipulation. Riefenstahls Propagandafilme über den Reichsparteitag der NSDAP (*Triumph des Willens*, 1934) bzw. die Olympiade in Berlin 1936 (*Fest der Völker, Fest der Schönheit*, 1938) gelten heute für Werbefachleute als Muss. Technisch ihrer Zeit weit voraus, dramaturgisch nicht nur den Kern der faschistischen Vorstellung treffend, sondern auf ein allgemeines, wiederkehrendes Moment von Romantik und Verbundenheit zielend, spiegeln ihre Filme den Wunsch nach Gemeinschaft, die Sehnsucht des Daheim-Seins, des Sich-Wiederfindens in einer Gruppe, die heute wahrscheinlich ebenso aktuell, bloß anders ausgedrückt werden. Insofern sind diese Aufnahmen nicht mehr ganz zugänglich. Verständlich gemacht werden kann dadurch allerdings, wie die Propaganda-Maschinerie des Nationalsozialismus funktionierte. In der Differenz zum Heute können aktuelle Methoden der Manipulation durchschaut werden.

Antisemitische Karikaturen zeigen wiederum mehr als in Worten erklärbar ist: das Abstruse, das Absurde hinter der Botschaft. Websites wie das *Museum of Tolerance* (http://motlc.wiesenthal.com) stellen im Internet eine eindrucksvolle Sammlung an alten Karikaturen und Zeitungsberichten zur Verfügung. Geschichte wird angreifbar, be-greifbar.

Das Internet als Medium übersetzt dabei in eine neue Sicht (-weise), indem die Ausgaben von *Der Stürmer* nicht als Original Respekt einflößen und eine falsche Autorität erhalten, weil das Dokument erhalten bleiben und daher besonders vorsichtig berührt werden muss. Im Internet bleibt die Konzentration auf Text und Bild, ohne dass dem Original durch Kopien physisch geschadet oder durch sensible Behandlung des Originals falscher Respekt gezollt würde.

Wenn es im Rahmen der Politischen Bildung zu zeigen gelingt, wie vielfältig Manipulation einsetzbar ist, betörend sein kann und verführt, wenn diese Verbindung zum Geschehen von heute, die Betroffenheit nicht als Grauen sondern als Selbsterfahrung – und das keinesfalls im esoterischen oder therapeutischen Sinne, sondern im Sinne des Selbst-Sehens oder Sich-Ertappens – stattfindet: Dann ist alles Erreichbare getan.

*Ihr wollt die Augen schließen.*
*Und dennoch schließt*
*Die Augen nicht!*
*Dem Sturme blickt*
*Ins Angesicht,*
*Denn ihr sollt alles wissen!*
Jura Soyfer[42]

Benützen wir in der Beschreibung des Antisemitismus oder Nationalsozialismus lediglich Moral als Argument, haben wir bereits verloren. Nichts ist heute pädagogisch langweiliger als die Moral, nichts weniger nachvollziehbar für Jugendliche, weil sie absolut gesetzt wird, nicht in Frage gestellt werden kann. Wie in der Diskussion um Gentechnik versperrt die ethische Argumentation den Blick auf manch andere Wahrheit. Der Antisemit ist nicht nur verwerflich, weil er gegen die christliche Nächstenliebe verstößt, er ist es vor allem, weil er falschen/unkorrekten Argumenten folgt.

Jugendliche heute gehen mit den ihnen vorgesetzten „Wahrheiten" anders um als die Generation vor ihnen. Die Erzählung des Lehrers oder Vaters, der Lehrerin oder Mutter transportiert für sie nicht per se Glaubhaftes. Alles kann und will in Frage gestellt werden. In diesem Punkt haben sie meiner und vorhergehenden

Generationen etwas voraus. Die selbstständig gefassten Beschlüsse, die allein erfassten Erkenntnisse sind vielleicht nicht immer klüger, aber eigenständiger.

Im Zusammenhang mit der wiedererstarkenden Fremdenfeindlichkeit wird von der Bevölkerung (vor allem in Deutschland) Zivilcourage gefordert; im Dezember 2000 sogar über Fernsehwerbung. Den Jugendlichen von heute muss dieses Wort fremd erscheinen, nicht weil sie keine solche besäßen, sondern der Begriff an sich keine Bedeutung mehr besitzt, nicht dem Sprachgebrauch zur Jahrtausendwende entspricht. Hier setzt die Tragik falsch verstandener Aufklärung an, die nur erfolglos sein kann und eher das Gegenteil des gewünschten Effekts auslöst. Zahlreiche Diskussionen und Dokumentationen sprechen die Sprache der älteren Menschen. Die engagierten Autoren und Autorinnen vergessen dabei, wie man Jugendliche ansprechen könnte und müsste. Das kann nur über eine Anpassung an deren Sprache funktionieren.

Rechte Parteien kennen die Sprache, mit der Menschen interessiert und beeinflusst werden können. Jörg Haider geht dabei ähnlich vor wie einst Ernst Jünger, der den rassistischen Antisemitismus verurteilte und gleichzeitig über die Juden als Erfinder des Liberalismus schimpfte. Haider tut das, indem auch er den Massenmord an den Juden verurteilt und zugleich Seitenhiebe gegen dieselbe Gruppe und gegen Vergangenheitsbewältigung austeilt. Wer seine als Ausrutscher verharmlosten Bemerkungen überhören möchte, dem wird das leicht gemacht; andere hingegen verstehen die Symbolik der Sprache und wissen sie zu deuten.

Selbstverständlich ist diese Wortwahl eine von jener des Antifaschismus abweichende. Die Politik der einfachen Botschaften verhindert das Nachdenken. Das Festhalten an alten Modellen der Aufklärung tut dasselbe, lässt eine Identifizierung mit den Angelegenheiten von damals gar nicht erst zu.

Die Langatmigkeit vieler solcher Diskussionen und Dokumentationen entspricht nicht dem Stil der Jugend. Informationen werden heute schneller und schlaglichtartiger ausgetauscht – zunächst. Dann, erst wenn das Interesse geweckt ist, kann in die Tiefe gegangen werden.

Wir verstehen nur die Sprache, die wir selbst sprechen, was allerdings mit Muttersprache weniger zu tun hat als mit Kommunikation. Wollen wir in der Politischen Bildung etwas weitergeben, müssen wir am persönlich Be-Greifbaren ansetzen. Alles andere bliebe verborgen, missverstanden oder bald vergessen.

Heiner Müller, den die deutsche Vergangenheit als Thema seiner Theaterstücke immer wieder beschäftigt hatte, erzählte in einem Interview wenige Monate vor seinem Tod folgende Geschichte; eine Kindergeschichte, die nicht spektakulär ist, die aber zeigt, wie mit Biografien Politische Bildung gemacht werden kann:

Der Schulbub Heiner Müller musste einen Aufsatz schreiben, der an einem Wettbewerb teilnehmen sollte. Der Vater, der sich sonst nie in die Schulangelegenheiten des Sohnes einmischte, sagte nun, er solle hineinschreiben, dass er Hitler für die Autobahn danke, denn dadurch würde er, sein arbeitsloser Vater, vielleicht endlich wieder Arbeit finden. Widerwillig schrieb es Heiner Müller. Der Schulaufsatz wurde prämiert, der Vater bekam in der Folge tatsächlich eine Stelle bei der Autobahn: „Ich hab‘ das damals als Verrat empfunden. Weil wir waren einig darüber, dass Hitler ein Idiot ist. […] Und plötzlich hat er das in meinen Aufsatz geschrieben.“[43]

Heiner Müllers kleine Schulgeschichte erscheint mir wirkungsvoller als manch direkte Beschreibung der Nationalsozialisten und ihrer Verbrechen. Indem die Nationalsozialisten dämonisiert werden, werden sie auch verharmlost, banalisiert, ähnlich den dargestellten „Bösen" in einem Heldenfilm. Ihre Taten und dahinter steckenden Gedankengänge sind für jüngere Menschen von heute schwer nachvollziehbar – und insofern fremd, da gebe ich Max Halhuber Recht. Heiner Müllers Erfahrung hingegen handelt nicht von Mord und Verbrechen, sondern vielmehr vom Opportunismus eines Kleinbürgers, der seinen Sohn enttäuscht – und wird somit zur nachvollziehbaren Geschichte, weil das Gefühl des Verrats über Schulereignisse einem Großteil aller Kinder und Jugendlichen vertraut ist.

Beginn des 21. Jahrhunderts:

Europa erlebt eine Zeit der antisemitischen Übergriffe. Wieder. Die Situation gleicht jener während der nationalsozialistischen Herrschaft dennoch nicht. Politiker und Politikerinnen, insbesondere in Deutschland, stellen sich dagegen, Künstler und Künstlerinnen melden sich zu Wort, die Bevölkerung geht auf die Straße.

Der moralische Aufschrei gefällt den Tätern.[44] Moral und Schuld als Argumente gegen Neonazis scheinen mir kontraproduktiv. Das Moment des Überraschungseffekts als Methode, wie es im pädagogischen Umgang mit autistischen Kindern zeitweise angewandt wird, dürfte mehr Erfolg haben. Auf Dauer betrachtet. Mit einer für den oder die Betroffenen überraschenden Handlung soll der Autist, die Autistin für eine Sekunde oder wenig mehr aus dem eigenen Handeln, dem so genannten Raptus, gerissen werden. Die Sekunden der Ablenkung können ausreichen, um einen Gedanken zu unterbrechen und dem Autisten, der Autistin das eigene dahinter befindliche Sein, Fühlen und Denken spürbar zu machen. Betroffenheit vor sich selbst. Der Blick auf das Ich.

Eben das könnte eine Methode zur Diskussionseröffnung mit rechtspopulistischen Jugendlichen sein. Das Klagen über die Provokation der Neo-Faschisten hingegen verstärkt bei jenen eher das ihnen so unerträglich oft nahezu entschuldigend zugeschriebene Gefühl, ausgestoßen, ungeliebt und überflüssig zu sein.

In einem Punkt muss ich Sartre widersprechen, nämlich dann, wenn er meint, wir wären jetzt in der Lage, das antisemitische Denken zu durchschauen und „den Antisemiten" daher zu verstehen. So sehr ich mich bemühe, ich verstehe nicht. Begreife die Zusammenhänge teilweise, doch reicht es mir nicht, in der Folge die Fremdenfeindlichkeit und den Rassismus immer wieder mit der Einsamkeit, Ausgeschlossenheit, dem fehlenden Glück oder der tragischen Kindheit zu entschuldigen.

Da sich der Antisemit das Irrationale zur Methode erkoren hat, bleibt es unmöglich, ihn mit Logik zu verstehen.

Der Antisemit ist auf die Gruppe und deren Reaktionen auf ihn angewiesen. Vilém Flusser beurteilt das folgendermaßen: „Ohne den Blick des anderen existiere ich nicht."[45]

Um auf ihn einzugehen, muss man zuerst zu ihm vordringen. Mit den pädagogischen Mitteln der sechziger und siebziger Jahre ist das nicht mehr möglich. Der Ausweg ist immer ein Experiment, das Gefahr birgt. Doch nur vom Schweigen als Reaktion auf das kaum Verarbeitbare weiß ich, dass es falsch ist.

## 4. Sind Sie dafür oder dagegen, dass heute wie 1900 Juden aus dem Osten nach Deutschland und Österreich einwandern?

*Gestatten wir den Nazis nicht,*
*uns noch weiter zu verwirren.*
Vilém Flusser[46]

Die Frage lässt sich nicht allein für Juden beantworten. Sie inkludiert für mich alle Einwanderer und Einwanderinnen. In Wien sind es derzeit vor allem Afrikaner und Afrikanerinnen, die von den extremsten Vorurteilen verfolgt werden. Afrikaner, Afrikanerin in Wien zu sein, bedeutet mehrmals täglich mit dem Vorwurf des Drogen-Dealens konfrontiert zu werden – und sei es nur durch einen Blick. Die FPÖ versprach im letzten Wahlkampf der Stadt auf ihren Wahlplakaten ein drogenfreies Wien. Und meinte damit ein Wien, in dem die Angst vor Drogen gegen die übertriebene, irreale Angst vor kriminellen Übergriffen durch Ausländer getauscht wird. Die durch die Vorurteile geschürte Xenophobie wird als Effekt und Nebeneffekt hingenommen, wenn nicht absichtlich herbeigeführt.

Die Vorurteile haben sich seit Jahren oberflächlich ein wenig wegbewegt von jenen gegenüber Juden und treffen heute andere Minderheiten; weniger physisch grausam, doch ebenso leidvoll, denn die Systematik des Holocaust bleibt zwar unvergleichbar, banalisiert jedoch natürlich nicht den Hass, der anderen Völkern entgegengebracht wird. Antisemitismus und Rassismus sind eng miteinander verwandt durch den Blick der Akteure. In beiden Fällen wird eine Unterscheidung vom Ich gesucht, wird ein Anders-Sein implementiert, gleichgültig worauf es beruht. Das Anders-Sein wird zur Schuld durch Geburt stilisiert und der Abstand zwischen dem Eigenen und dem Fremden überzeichnet.

Das Judentum wird nicht mehr als Gefahr für das Christentum und seine Werte erkannt. Als solches wurde es abgelöst. Ein jüngeres Feindbild stellt der Islam dar, nicht zuletzt durch Schriften wie den *Clash of Civilizations* von Samuel Huntington. Der so genannte *war on terror* erweist Huntingtons Thesen als *self fulfilling prophecy*. Plötzlich wird ohne kritische Hinterfragung des Begriffs von islamischen Staaten gesprochen. Darin vermischt sich die Angst vor der nach wie vor relativ unbekannten Religion. Vorurteile werden im Zuge dessen nicht abgebaut, sondern verstärkt.

Die Stereotypen sind vergleichbar. An „die Juden" hingegen bindet heute in Form eines Feindbildes eher der Zorn über die Entwicklungen in Israel oder die scheinbar endlosen Verhandlungen um die Zwangsarbeiter und -arbeiterinnen. Beide werden in Zusammenhang mit altbekannten Klischees abgehandelt.

Die so genannten Ausländer und Ausländerinnen sind die „Juden" von heute, überhäuft und konfrontiert mit Vorurteilen. Die so genannten „Gastarbeiter und Gastarbeiterinnen", die produzieren erst wir, indem wir sie als solche bezeichnen, sie stigmatisieren. Das Anders-Sein ist unauslöschbar, weil vermeintlich sichtbar. Der „Ausländer" wird an seinen dunklen Haaren oder dem dunkleren Teint erkannt, klischeehaft von den so genannten Einheimischen unterschieden.

Es ist dies ein Punkt, wo Antisemitismus und Fremdenfeindlichkeit zusammentreffen. Afrikaner und Juden; beiden wird unterstellt, „arbeitsscheu" zu sein. Allein dieses Wort offenbart die dahinter steckende Irrationalität. Die Einwanderung von Juden aus dem Osten Europas kann ich daher nicht getrennt sehen von jener anderer Migranten, ob aus Osteuropa, Asien oder Afrika. Selbstverständlich bin ich für Zuwanderung. Doch die Aufnahme darf nicht an falsche Versprechen gebunden sein. Der Staat Österreich hat im Umgang mit Flüchtlingen bereits gezeigt, dass er wenig Interesse hat, seine Versprechungen einzuhalten.

Schon der Begriff „Ostjude“ ist seit mehr als hundert Jahren negativ konnotiert. Erinnerungen an Armut und an Ghettos. Doppelte Klischees, denn es kommen auch jene über die Osteuropäer im Allgemeinen hinzu: jene Vorurteile über Tschechen, Rumänen und Polen, die in den letzten Jahren unverändert geblieben sind. Die nahende EU-Erweiterung schafft Raum für manche Partei, alte Ressentiments zu verstärken.

Sieht man – insbesondere die Immigranten und Immigrantinnen selbst – diese Einwanderung als Rückkehr von Juden aus Osteuropa, so könnten diese Menschen bitter enttäuscht werden. Denn die Österreicher und Österreicherinnen wollen als Gastgebende gelobt werden, ohne dafür etwas tun zu müssen: Afrikaner und Afrikanerinnen beispielsweise, denen in Flüchtlingslagern von Entwicklungshelfern im Zuge der Konfliktprävention mitgeteilt worden war, sie sollten nach Österreich kommen, fanden sich bei ihrer Ankunft alleine gelassen, ohne Aufenthalts- oder Arbeitsgenehmigung. Der latente und zuweilen unverhohlen hervorbrechende österreichische Rassismus dürfte trotzdem die noch größere Überraschung für sie gewesen sein.

Da in Österreich keine Asylantenheime brennen, ist es ein Leichtes, die Fremdenfeindlichkeit und den Antisemitismus zu verharmlosen. Das Niveau der Feindlichkeit befindet sich auf einer anderen Ebene als in Deutschland oder Spanien. Auch die Methoden sind unterschiedlich. Noch? Die Bedrohung für Ausländer und Ausländerinnen und manchmal auch für jene, die für solche gehalten werden, bleibt davon unberührt. Sie verharrt.

Die Mehrheit stimmt mit ihrem Schweigen zu. Dieses Schweigen bedeutet Abwehr gegen die eigene Verantwortung. Es ist eine bekannte Haltung.

Aus diesem Wissen könnte man die Erfahrungen hinsichtlich des Antisemitismus nutzen, könnte aufdecken, was Menschen beunruhigt, warum sie sich gegen andere wenden müssen, wenn sie sich in die Ecke gedrängt fühlen. Nachzulesen wären die üblichen Erklärungsmuster. Aber trotz vieler Forschungen bleibt der Antisemitismus in letzter Instanz unerklärlich, weil irrational. Auch Sartres Schrift zur Judenfrage ändert daran wenig. Wir wissen vielleicht, wo wir Antisemitismus suchen müssen und was er bedeutet, doch ein Mittel zu seiner Ausrottung ist uns noch nicht eingefallen.

Neben den Taten der Nationalsozialisten sind es vor allem auch ausgesprochene und geschriebene Worte und ebenso deren Verschweigen, das Schweigen und damit Gutheißen des antisemitischen Handelns, die zu Verletzungen geführt haben.

Diskriminierung auch das: Warum bemerke ich die Kassierin im Supermarkt als Ausländerin, bevor ich sie sprechen gehört habe? Vielleicht ist sie seit vielen Jahren österreichische Staatsbürgerin. Vielleicht war sie nie anderes. Schnelligkeit der Labels, der Zuordnungen.

Flucht in das Selbst-Vorurteil:

Die vermeintliche Rückbesinnung auf deutsche Werte im österreichischen Charakter ist deshalb so einfach, weil den Deutschen zugeschriebene Eigenschaften den Eindruck des

Ewigen vermitteln und scheinbar jeder Veränderung trotzen. Als altvertrautes Sein. Das so genannte Österreichische aber galt seit den Friedensverhandlungen nach dem Ersten Weltkrieg als zerbrochen, zerrissen und als wenig lebensfähig. Inzwischen scheint sich das Bild gewandelt zu haben. Österreich ist eine Nation geworden. Vielleicht gerade darum weigern sich viele, „ihr" Österreich als ein Land mit einem 10-Prozent-Anteil an Ausländern und Ausländerinnen anzuerkennen. Dass Österreich immer eine Mischung aus vielen Völkern bedeutete, scheinen jene vergessen zu haben, die sich für diese Mischung schämen, anstatt sie als kreative Möglichkeit nutzen zu wollen.

Gezielte Einwanderung. Sie braucht Vorbereitung auf beiden Seiten. Österreich ist ein unangenehmes Land für jene Migranten und Migrantinnen, die so aussehen, als wären sie welche. Gleichzeitig ist es stolz auf die eigene Hilfsbereitschaft der fünfziger und sechziger Jahre. Die österreichische Gesellschaft gefällt sich noch immer in der Rolle, 1956 und 1968 vielen Flüchtlingen geholfen zu haben. Die blasse Erinnerung daran reicht aus, um ein Bild vorzugaukeln. Als wäre die österreichische Flüchtlingshilfe nahezu unbegrenzt großzügig.

Heute wird zur Vorsicht gerufen. Die Mitteilung, dass es zuwenig für alle gäbe, das klassische Argument gegen Einwanderung, ist erlogen, wenngleich von vielen ungeprüft als Erklärung benützt. Ein Rest der Thomas Malthus'schen Lehre aus dem beginnenden 19. Jahrhundert. So, als wäre das Bevölkerungswachstum ein tatsächliches Hauptproblem dieser Erde. Österreich leidet eher am Gegenteil.

Das Gerücht hält sich trotzdem.

So bleibt schließlich alles beim Alten.

## 5. Wie denken Sie über Israel?

*Wenn sie mit Fleischermessern*
*durch euer Schlafzimmer geht,*
*werdet ihr die Wahrheit wissen.*
Heiner Müller[48]

Allein der Umstand, dass danach gefragt wird und die Frage nicht ungewöhnlich scheint, zeigt das Bild einer fälschlich vermuteten Andersartigkeit des Staates Israel gegenüber anderen Staaten. Es ist nicht sicher, ob wir in Zusammenhang mit anderen westlichen Staaten dieselbe Frage stellen würden. Wie denken Sie über Italien? Wie denken Sie über Japan?

Viel zu lange hatte das jüdische Volk keinen eigenen Staat, musste in Ausgrenzung und Ghettos leben. Wenn man es leben ließ. Wieviel Unrecht musste erst geschehen, um den Juden ihren Staat zu geben. Israel, gelobtes Land.

Es wäre schön, wenn die Frage hiemit schon beantwortet wäre. Doch da es nie nur eine Wirklichkeit gibt, muss an dieser Stelle eine weitere folgen.

Israel ist ein demokratischer Staat. Auch wenn es für europäische Verhältnisse ungewohnt ist, dass es in gewissen Bereichen des Zivilrechts nur eine einzige gerichtliche Instanz gibt oder dass keine zivile Heirat möglich ist. Letzteres hat insbesondere Folgen für die Rolle der Frau. Wenn es keine Heirat und somit keine Scheidung gibt, existiert auch keine säkular-juristische Regelung für die Aufteilung elterlicher Pflichten nach einer Trennung. Eine unsichere Lage für alleinerziehende Frauen ist die Folge. Das Justizsystem Israels lässt für europäische Gewohnheiten so manche Frage offen. Dennoch ist Israel ein demokratischer Staat.

Das Volk, das wir Israelis nennen, hat eine lange Geschichte. Es ist diese Geschichte, die den Staat Israel prägt. Insbesondere aus dieser Erfahrung heraus wäre es Unrecht, von einem Staat Israel anderes zu erwarten als von jedem anderen Staat. Israel, so heißt es im Land selbst, sei trotz allem westlichen Sein der Orient. Das mag teilweise richtig sein. Die Vermischung der dort lebenden Völker ist Teil der jahrtausendealten Kultur dieses Landes. Der Konflikt eskaliert dennoch.

Was halte ich von Israel?

Es fällt schwer, diese Frage zu beantworten, ohne sich auf die sichere Schiene der Wissenschaft zu begeben. Schwerer als ich erwartet hätte. Ich stellte erst durch nähere Beschäftigung fest: Kaum sah ich jemals objektive Berichte zum Nahostkonflikt. So manche eingeholte Meinung gab vor, mehr zu wissen als andere und daher bedeutender, in letzter Instanz auch richtiger zu sein.

Es wäre möglich zu argumentieren, dass beide Seiten Recht haben; das zu sagen, um einer vermeintlich objektiven Wissenschaft zu frönen. Es wäre die falsche Antwort. Hier. Wissenschaft kann immer nur den Versuch der Objektivität wagen. Ich halte es für klüger, sich selbst einzugestehen, dass der Dialektik eines Themas nicht zu entkommen ist, dass die eine Wahrheit nicht existiert. Erst recht nicht in einem Jahrzehnte währenden Konflikt. Die Feindbilder sind längst zementiert und an nachfolgende Generationen weitergegeben.

Zu Beginn des Jahres 2000 hatte es vermeintliche Chancen für den Friedensprozess gegeben. Die Möglichkeit auf einen langersehnten und nach dem Abkommen von Oslo immer wieder verschobenen Frieden. Eine heutige Einschätzung über den Kreislauf von Gewalt und abgebrochene Verhandlungen wäre damals vielleicht als zu pessimistisch eingeschätzt worden. Bill

Clintons Traum, zum Ende seiner Präsidentschaft noch Frieden stiften zu können, blieb unerfüllt. Wie Perez de Cuellar sein Generalsekretariat bei den Vereinten Nationen mit dem Erfolg beenden konnte, in El Salvador den Anstoß in Richtung Frieden wesentlich mitbeeinflusst und das Friedensabkommen in allerletzter Sekunde zur Unterschrift gebracht zu haben, wollte Bill Clinton seine US-Präsidentschaft mit einem Friedensabkommen zwischen den palästinensischen Autonomiegebieten und Israel abschließen und krönen. Der Erfolg war ihm nicht gegönnt. Auch er wusste keinen Kompromiss. Hatten die Gespräche von Taba nach dem Misserfolg von Camp David noch ein letztes Mal Hoffnung vermittelt, wurden diese mit den Wahlen in Israel im Februar 2001 abrupt beendet.

Damals bereits stand fest: Ariel Sharon würde die Vorschläge Ehud Baraks nicht akzeptieren und somit bereits Ausgehandeltes für nichtig erklären. Dasselbe wäre in der Knesset ohnehin geschehen, Ablehnung des vorgeschlagenen Entgegenkommens. Dennoch blieb in den ersten Monaten der Amtszeit Ariel Sharons ein wenig die Einschätzung im Raum, er würde es schaffen, einen Friedensvertrag zu erreichen, da dies nur eine rechte Partei erreichen könnte. Sie wäre in der israelischen Bevölkerung unverdächtiger, zu viele Kompromisse eingegangen zu sein.

Die Prognosen allerdings scheinen heute kaum düster genug sein zu können. Was zeigt, dass selbst die USA die Kontrolle verloren haben. Die Autonomiebehörde und Israel ebenso. Die Eskalation hat sich längst verselbständigt, wird wirtschaftlich privatisiert und ideologisch missbraucht. Die Kampfziele haben sich zum Religionsstreit verfahren, als ob die Besetzung des Raumes keine andere Bedeutung hätte als den Sieg einer Religion über die andere.

Das wiederholt Gehörte: Die Juden müssten es besser wissen. Sie haben all das erlebt, und Schlimmeres.

Vielleicht können sie gerade daher nicht anders, als sich benehmen wie Angehörige jedes anderen Staates, könnte die mögliche Antwort lauten. Dazu aber würde auch die Kritikfähigkeit gehören, wenn Israel sich als undemokratisch erweisen sollte. Und Letzteres tut die israelische Regierung immer wieder, wenn etwa selbst die völkerrechtlichen Regeln für das Verhalten einer Besatzungsmacht nicht eingehalten werden.

Der Hoffnungsträger Ehud Barak wandelte sich für viele zur Enttäuschung. Die in ihn gesetzten Hoffnungen waren mindestens ebenso überzeichnet. Wie hätte eine einzelne Person für Frieden sorgen können? Die Erwartungen waren und sind übertrieben. Weder für Israelis noch für Palästinenser und Palästinenserinnen begann mit dem Jahr 2001 n. Chr. ein neues Jahrtausend. Keine Notwendigkeit für einen Frieden als Symbol.

Frieden „machen", das versuchen die USA seit vielen Jahren. Frieden lässt sich nicht machen. Schon gar nicht in einem Gebiet mit jener belasteten Vorgeschichte, wie Israel/Palästina sie hat. Solange die Voraussetzungen nicht auf beiden Seiten geschaffen sein werden, wird es keinen Frieden geben. Und diese bleiben unklar, vor allem jedoch undiskutierbar. Kaum ein internationaler Konflikt zeigt dieses Muster so deutlich.

Eine jüngere Generation, die weniger religiös und stattdessen international interessiert ist, legt sich vielleicht nicht mehr fest, als Siedler und Siedlerinnen in jenen Gebieten wohnen zu wollen und die Begünstigungen, die großzügig gewährt werden, in Kauf zu nehmen für ein unsicheres Leben. Jene Siedlungen sind es, um die bisher gekämpft wurde und gegen die die Mehrzahl der Selbstmordattentate gerichtet werden. Nur mit einem solchen Verzicht könnte eines Tages Frieden für diese Weltregion erreicht werden, vorausgesetzt dass die palästinensische Gewalt damit ebenfalls endet. Aber auch daran glaube ich nicht mehr. Nebeneinander zu leben impliziert ein Miteinander-Leben. Dazu aber gibt es auf beiden Seiten zu viele Ängste aus Erfahrung. Die Furcht, ein weiteres Mal vertrieben zu werden, gegenüber der Furcht, politisch nachzugeben und den Halt im eigenen Volk zu verlieren; die Argumente funktionieren auch umgekehrt, da die Positionen nicht so unterschiedlich sind. Das reduziert auf beiden Seiten die Kompromissbereitschaft.

Doch formt eine unumstößliche Tatsache den wesentlichen Unterschied: Die Palästinenser und Palästinenserinnen werden seit Jahrzehnten benachteilt. Ein Leben im Alltag ist in den Autonomiegebieten nicht möglich. Sie sind es, denen weniger Wasser zur Verfügung steht; die Straßenblockaden sind gegen sie gerichtet; sie sind es, denen Lehmstraßen vorbehalten bleiben, wo es parallel dazu modernste Straßen gibt, die nur von Diplomaten und Diplomatinnen und Siedlern und Siedlerinnen benützt werden dürfen. An den Straßensperren stehen junge, schlecht ausgebildete Soldaten. Woher sollten sie wissen, wie Menschen in besetzten Gebieten zu behandeln sind? Dass sie es nicht wissen, kommt der israelischen Politik offensichtlich entgegen. Dass selbst Rettungswagen gewechselt werden müssen, wenn der Weg über Straßensperren führt – was selten vermeidbar ist –, ist die Übersteigerung dieser Demütigung eines an Macht unterlegenen Volkes. Der Verdacht liegt nahe, dass es in seltsamer Weise die Palästinenser und Palästinenserinnen sind, die unter anderem dafür büßen, was auf deutschem/österreichischem Boden den Juden angetan wurde.

Ein einfaches Beispiel der Benachteiligung wie auch Demütigung stellt Ramallah dar: Außerhalb der Stadt existiert eine Müllhalde. Die Müllabfuhr aber darf die Stadt Ramallah nicht verlassen. Die Transporte könnten ein Sicherheitsrisiko darstellen, heißt es. Ramallah erstickt im eigenen Mist. Der Vorwurf, nicht auf die eigene Stadt achten zu können oder zu wollen, ist nur eine der zynischen Einschätzungen der Besatzungsmacht.

Dazwischen irgendwo die Frage, was geschehen wäre, wenn Theodor Herzls Wunsch, nach Uganda zu gehen, von den Briten unterstützt worden wäre. Berühmte Wenn-Frage, ohne Sinn. Der Krieg findet in einem anderen Land statt.

Am deutschen/österreichischen Fernsehens wird deutlich, wie schwer wir uns mit unserer Geschichte tun, den Staat Israel zu beurteilen. Hier ist es, wo die Schuldfrage zu neuer Aktualität gelangen will und ihr in den Medien sowohl von Politikern und Politikerinnen als auch Akteuren und Akteurinnen viel Platz eingeräumt wird.

Es ist dennoch die falsche Frage. Heute. Hier wie auch bei der Suche nach Wahrheiten aus der NS-Zeit in Österreich und Deutschland. Die eingestandene oder zumindest bewiesene Schuld unserer Vorfahren befreit uns nicht vom Acht-Geben in der Gegenwart, vom kritischen Blick auf einen Staat, der die Angst zum politischen Argument erklärt und darauf jedes Handeln gründet, selbst wenn es sich um ein Vorgehen gegen Zivilisten und Zivilistinnen handelt. Sie stellen den Kollateralschaden des israelischen Kampfes gegen den Terrorismus dar.

Die Kritik an Israel aus dem Munde einer Österreicherin bleibt trotz all dieser Offensichtlichkeiten diffiziler als die von Personen anderer Nationen. Die Kritik an dem Vorgehen palästinensischer und vor allem israelischer Politiker bedeutet nichts Antiarabisches oder Antisemitisches und muss aufrechterhalten bleiben, bis es einen gültigen Friedensvertrag gibt. Dennoch ist ebendiese Kritik für uns Deutsche und Österreicher und Österreicherinnen noch eine Spur komplexer. Denn auch wenn es die

Kollektivschuld nicht gibt, die Schuld der Tätergeneration verfolgt uns:

Als ich im Bürgerkrieg El Salvadors arbeitete, besuchte ich einen Vortrag über die Geschichte des dortigen Krieges. Ein bekannter österreichischer Journalist versuchte in jenem Vortrag den Salvadorianern und Salvadorianerinnen ihre Geschichte zu erklären und ihre Fehler aufzuzeigen. Ausgerechnet ein Fremder, der den Bürgerkrieg nur als Zuschauer erlebt hatte. Der unverklärte, weil distanzierte Blick eines Ausländers sollte die „Wahrheit" beschreiben. Er versuchte es – und verfiel in Anklagen, was in diesem Krieg alles falsch gemacht worden sei. Der Journalist schien die Lösung in seinem Kopf vorbereitet zu haben. Andächtig wurde ihm zugehört. Bis der Vortrag sich verselbständigte und als Aussage stehen blieb, dass ausgerechnet ein Europäer, somit ehemaliger Kolonialist (auch wenn das für Österreich nicht stimmt) die Geschichte erklärte. Seine Geschichte. Ohne Versuch, die seit Jahren in diesem Krieg lebenden Menschen zu verstehen. Negation des eigenen Begreifens.

Mit Israel geht es uns ähnlich: Wir meinen den Konflikt zu kennen und darüber hinaus zu verstehen. Aber was immer wir sagen, wir tun es von unserer Perspektive aus – und die gilt als österreichische oder deutsche als äußerst problematisch. Jedes Wort der Kritik will doppelt überlegt sein, um nicht antisemitisch zu wirken. Die Gefahr dieser einseitigen Sichtweise ist real vorhanden, denn die israelische Angst bezieht sich bei weitem nicht nur auf Terrorakte, sondern auf Auslöschung. Und tatsächlich ist diese Furcht nachvollziehbar, da Israel inmitten einer religiös wie politisch als feindlich eingestuften Umwelt liegt. Israel wehrt sich mit Hochrüstung und Militäraktionen. Lediglich die US-Unterstützung für diese Hochrüstung, so wird argumentiert, halte den Staat Israel am Leben, bewache vor Auslöschungen.

Wo militärische Mittel im Vordergrund stehen, wird das Wort zum Überfluss, zum Projekt der Zukunft. Ver-Handlungen sind nicht nötig, sondern Handlungen.

Das bringt nicht weiter. Der Konflikt ändert seine Intensität, nicht aber seine Ausweglosigkeit. Diese mündet inzwischen darin, dass von allen politischen Seiten Israels zumindest offen darüber gesprochen wird, ob es nicht sinnvoller sei, die beiden verfeindeten Gesellschaften mit einem Zaun zu trennen. Ein Zaun, der an die Berliner Mauer erinnern würde. Ein Zaun durch ein gesamtes Land. Ein Zaun als letzter Ausweg.

Verteidigt wird diese Ansicht mit dem Argument, dass man diese Abgrenzung ohnehin nur so lange benötige, bis man gelernt habe miteinander zu leben. Wie aber sollte man das lernen, wenn beide Gesellschaften voneinander getrennt wären? An die Tatsache, dass in beiden Regionen auch die jeweils „anderen" leben, dürfte in dieser Vorstellung ohnehin vergessen worden zu sein. Die Idee an sich ist schrecklich genug, verschlimmert sich aber mit der Erkenntnis, dass sie nicht von Extremisten kommt, sondern gerade von jenen genährt wird, die jahrelang für den Friedensprozess eingestanden sind.

Eine Mauer als das Ende jedweder Hoffnung. Wie um selbst den Traum vom Frieden zu ersticken.

Gegen eine Gewalteskalation kann kein Drängen zum Frieden helfen. Gewiss jedoch auch nicht das Gegenteil: die Abschottung. Es wird gar keine große Distanz voneinander notwendig sein. Aber sehr viel Zeit.

Was halten Sie von Israel?

Ein Blick auf das Persönliche; nur so wird sie beantwortbar, diese Frage.

Israel wurde als Staat vor meiner Geburt gegründet. War anerkannt als Staat vor meiner Geburt. Israel, da wohnten in meinem Verständnis immer Juden, Armenier, Araber und andere Völker miteinander vermischt. Das lernte ich in den ersten Religionsstunden. Israel als Palästina, das war mir das verheißene Land. In meiner Kindheit.

Ende 2001 taucht die wissenschaftliche These auf, nur ein Krieg würde zur Lösung führen. Die palästinensischen Autonomiegebiete würden diesen Krieg zweifellos verlieren, Israel könnte anschließend als Siegermacht großzügige Geste zeigen: teilweiser Gebietsverzicht zugunsten der Palästinenser und Palästinenserinnen.

Doch den guten Krieg gibt es ebenso wenig wie einen gerechten Krieg. Ein Gebietsverzicht Israels müsste so weit gehen, dass die Autonomiegebiete nicht nur aus drei bis fünf kleinen, voneinander getrennten Gebieten bestehen würden, die nicht einmal mit Korridoren verbunden wären. So hätte das auf Israels Vorschlag hin in Camp David und Taba ausgehandelt werden sollen. Dieses Szenario bleibt schon seit den Verhandlungen von Camp David (2000) in den Medien nahezu unerwähnt. Arafats klares „Nein“ zu allem ist darauf zurückzuführen. Dass er keinen Gegenvorschlag anbot, sondern sich verweigerte, war sein historischer Fehler.

Fest steht, dass in diesem endlosen Konflikt auf beiden Seiten entsetzliche Fehler gemacht worden sind. Der so genannte Mitchell-Plan, von den Palästinensern und Palästinenserinnen eher favorisiert als von der israelischen Regierung, von dieser aber absichtlich fehlinterpretiert, was die Forderung einer Waffenruhe auf Zeit betrifft, wäre kein Allheilmittel. Dennoch würde er einen sinnvollen Beginn darstellen. Er stellt das gegenseitige Vertrauen samt vertrauensbildenden Maßnahmen und Kommunikation in den Mittelpunkt. Das wäre zumindest eine Basis.

Es ist wichtig, dass Israel bestehen bleibt. Langfristige Voraussetzungen dafür sind unter anderem die Existenz eines unabhängigen Staates Palästina und die langfristige Behandlung der Flüchtlingsfrage. Nur das könnte Frieden ermöglichen. Übrig bleiben die gegenseitige wirtschaftliche sowie die politische Abhängigkeit beider Nationen. Warum führt gerade dieses Kalkül nicht irgendwann wie selbstverständlich zum Frieden?

# Anmerkungen

[1] Günther Anders: Wir Eichmannsöhne. München $^{3}$2002
[2] Ebda, S. 58.
[3] Ebda, S. 61.
[4] Ebda, S. 7.
[5] *Die Presse*, 14. August 1997.
[6] *Zionismus*, Bewegung zur Errichtung eines jüdischen Staates in Palästina.
[7] Zur Information empfehle ich: Die Kirchen und die Juden. Versuch einer Bilanz. Hg. von Günther Bernd Griezel und Günter Fessler. Gerlingen 1997.
[8] Erläuterungen nach Brockhaus, 1997-1999.
[9] Sebastian Haffner: Geschichte eines Deutschen, Die Erinnerungen 1914-1933. Stuttgart $^{6}$2001, S. 186.
[10] „Viele Regierungsformen sind versucht worden und werden auch noch ausprobiert werden in dieser Welt der Schuld und Schrecken. Demokratie ist die schlechteste Regierungsform, mit Ausnahme all jener anderen Formen, die von Zeit zu Zeit versucht worden sind." Winston Churchill, Rede im House of Commons am 11. November 1947. Ins Deutsche übertragen von Max-Joseph Halhuber.
[11] Interview in der *Süddeutschen Zeitung*, 26./27. August 2000.
[12] Elke Vera Kotowski: Feindliche Dioskuren. Das Scheitern einer Jugendfreundschaft zwischen Theodor Lessing und Ludwig Klages. Berlin 2000.
[13] *Süddeutsche Zeitung*, 26./27. August 2000, S. 30.
[14] Dazu sei auf zwei Belege verwiesen: David Nachmansohn/Roswitha Schmid: Die große Ära der Wissenschaft in Deutschland 1900 bis 1933. Jüdische und nichtjüdische Pio-

niere in der Atomphysik, Chemie und Biochemie. Stuttgart 1988; Michael Pollak: Wien 1900 – eine verletzte Identität. Konstanz 1997.

15 Odo Marquard: Die Theoriefähigkeit des Alters, in: Philosophie des Stattdessen. Stuttgart 2000.

16 Siehe z. B. Natan Sznaider: Das Ende einer Illusion. Israelis und Palästinenser brauchen einen gemeinsamen Staat. In: *Süddeutsche Zeitung*, 12. Oktober 2000. Ders.: Das Schleudertrauma. In: *Süddeutsche Zeitung*, 2. November 2000; Edward Said: The end of the peace process, Oslo and after. Granta, London 2000.

17 *Lettre International*, 53/2001.

18 *The Jewish Observer and Middle East Rewiew*, 11. November 1964.

19 Nissim Rejwan: Israels place in the Middle East, A pluralistic perspective. Florida UP 1998.

20 *Süddeutsche Zeitung*, 8. Oktober 1999.

21 Den Abgrund überbrücken. Mit persönlicher Geschichte politischen Feindschaften begegnen. Hg. von Dan Bar-On in Kooperation mit Susanne Kutz und Dirk Wegner. Hamburg 2000.

22 Jonathan Rosen. In: *New York Times*, 4. November 2001.

23 Siehe Max-Joseph Halhuber/Ferdinand Oberfeldner/Anton Pelinka: Mein Kampf – heute wieder gelesen. Innsbruck 1993.

24 Jean-Paul Sartre: Betrachtungen zur Judenfrage. In: Drei Essays. Berlin 1960, S. 143, 184.

25 Max Frisch: Andorra. Stück in zwölf Bildern. Frankfurt am Main 1975, S.109.

26 Ruth Wodak u.a.: Zur diskursiven Konstruktion nationaler Identitäten. Frankfurt am Main 1998; Richard Mitten: The Politics of Anti-Semitic Prejudice. Boulder 1992.

27 Michael Ley: Genozid und Heilserwartung. Wien 1993.

[28] Pierre Aycoberry: The Nazi Question. New York 1981; Ron Rosenbaum: Explaining Hitler. New York 1998.

[29] Thomas Keneally: Schindler's List. London 1994

[30] Jonathan Steinberg: All or nothing. London 1990.

[31] Paul Lendvai: Antisemitismus ohne Juden. Wien 1972.

[32] Bernd Marin: Antisemitismus ohne Antisemiten. Frankfurt am Main 2000.

[33] Seymour M. Lipset / Earl Raab: Jews and the American Scene. Cambridge/MA 1995.

[34] Vilém Flusser: Brief an David Flusser (14. März 1973). In: ders.: Jude sein. Berlin 1994, S. 36

[35] Vilém Flusser: Jude sein (1) – existentieller Aspekt. In: ebda, S. 60

[36] Jean Paul Sartre: Überlegungen zur Judenfrage. Reinbek bei Hamburg 1994, S. 14

[37] Anton Pelinka: Vorwort. In: Halhuber/Obenfeldner/Pelinka, a.a.O.

[38] Das Zitat stammt aus einem TV-Interview mit Heiner Müller, das am 2.1.2001 von 19.30 bis 20.00 Uhr in 3Sat ausgestrahlt wurde.

[39] Bertold Brecht: der untergang des egoisten fatzer, S. 97

[40] Vilém Flusser: Selbstauslöser. Deutsche und Juden vor der Kamera. in: Flusser a.a.O., S. 116

[41] Helmuth Kiesel: Der Nationalsozialismus. Faszination durch Erfolg? In: Hans Maier: Wege in die Gewalt. Frankfurt am Main 2000, S. 147

[42] Jura Soyfer: Sturmzeit. Wanderlied der Zeit. In: ders.: Lyrik. Wien, München, Zürich 1984, S. 221

[43] Zitat und Geschichte stammen aus zitiertem TV-Interview mit Heiner Müller.

[44] Statistiken zufolge kann hier auf die weibliche Form verzichtet werden.

[45] Vilém Flusser: Jude sein (1) – existentieller Aspekt. In: Flusser a.a.O., S. 62

[46] Ebda, S. 66

[47] Thomas Malthus (1766-1834) hatte an der Wende zum 19. Jahrhundert zu beweisen versucht, dass die Subsistenzmittel der Erde begrenzt seien, und daher das Bevölkerungswachstum beschränkt sei.

[48] Heiner Müller, Die Hamletmaschine (Szene 5). In: ders.: Mauser. Berlin 1978, S. 97

# Literatur

*Anders,* Günther. Wir Eichmannsöhne. München [3]2002.

*Arendt,* Hannah: Elemente und Ursprünge totaler Herrschaft. München [4]1995.

*Arendt,* Hannah: Eichmann in Jerusalem. Ein Bericht von der Banalität des Bösen. Mit einem Essay von Hans Mommsen. München [9]1995.

*Arendt,* Hannah: Rahel Varnhagen. Lebensgeschichte einer deutschen Jüdin aus der Romantik. München [10]1995.

*Aycoberry,* Pierre: The Nazi Question. An Essay on the Interpretation of National Socialism (1922-1975). New York 1981.

*Bar-On,* Dan (Hg. in Kooperation mit Susanne Kutz und Dirk Wegner): Den Abgrund überbrücken. Mit persönlicher Geschichte politischen Feindschaften begegnen. Hamburg 2000.

*Bar-On,* Dan: Die Last des Schweigens. Gespräche mit Kindern von Nazi-Tätern. Frankfurt am Main, New York 1993.

*Blomert,* Reinhard / *Kuzmics,* Helmut / *Treibel,* Annette (Hg.): Transformationen des Wir-Gefühls. Studien zum nationalen Habitus. Frankfurt am Main 1993.

*Brecht,* Bertold: der untergang des egoisten fatzer. Textmontage von Heiner Müller (unveröffentlichtes Material).

*Bourdieu,* Pierre: Die feinen Unterschiede. Kritik der gesellschaftlichen Urteilskraft. Frankfurt am Main 1984 (3. durchgesehene Aufl.).

*Browning,* Christopher R.: Ordinary Men. Reserve Police Battalion 101 and the Final Solution in Poland. New York 1993.

*Featherstone,* Mike: Undoing Culture. Globalization, Postmodernism and Identity. London, New Delhi 1995.

*Finkelstein,* Norman G.: The Holocaust Industry. Reflections on the Exploitation of Jewish Suffering. New York 2000.
*Flusser,* Vilém: Jude sein. Berlin 1994.
*Frisch,* Max: Andorra. Stück in zwölf Bildern. Frankfurt am Main 1975.
*Goldhagen,* Daniel Jonah: Hitler's Willing Executioners. Ordinary Germans and the Holocaust. New York 1996.
*Gombrich,* Ernst: Jüdische Identität und jüdisches Schicksal. Eine Diskussionsbemerkung. Wien 1997.
*Goytisolo.* Weder Krieg noch Frieden. Palästina und Israel heute. Frankfurt am Main 1995.
*Griezel,* Günther Bernd / *Fessler,* Günter (Hg.): Die Kirche und die Juden. Versuch einer Bilanz. Gerlingen 1997.
*Haffner,* Sebastian: Geschichte eines Deutschen. Die Erinnerungen 1914-1933. Stuttgart [6]2001.
*Halbuber,* Max-Joseph / *Obenfeldner,* Ferdinand / *Pelinka,* Anton: Mein Kampf – heute wieder gelesen. Innsbruck 1993.
*Hödl,* Klaus (Hg.): Jüdische Identitäten. Einblicke in die Bewußtseinslandschaft des österreichischen Judentums. Innsbruck, Wien, München 2000.
*Höfler,* Günther / *Spörk,* Ingrid (Hg.): Der Dorfgeher. Ghettogeschichten aus Alt-Österreich. Leipzig 1997.
*Huntington,* Samuel P.: The Clash of Civilizations and the Remaking of World Order. New York 1996.
*Keneally,* Thomas: Schindler's List. London 1994.
*Kotowski,* Elke Vera: Feindliche Dioskuren. Das Scheitern einer Jugendfreundschaft zwischen Theodor Lessing und Ludwig Klages. Berlin 2000.
*Lendvai,* Paul: Antisemitismus ohne Juden. Wien 1972.
*Ley, Michael*: Genozid und Heilserwartung. Zum nationalsozialistischen Mord am europäischen Judentum. Wien 1993.

*Lipset,* Seymour Martin / *Raab,* Earl: Jews and the American Scene. Cambridge, MA 1995.

*Maier,* Hans (Hg.): Wege in die Gewalt. Die modernen politischen Religionen. Frankfurt am Main 2000.

*Margalit,* Avishai: Politik der Würde. Über Achtung und Verachtung. Frankfurt am Main 1999.

*Marin,* Bernd: Antisemitismus ohne Antisemiten. Autoritäre Vorurteile und Feindbilder. Frankfurt am Main 2000.

*Mitten,* Richard: The Politics of Anti-Semitic Prejudice. Boulder 1992.

*Müller,* Heiner: Mauser. Berlin 1978.

*Paris,* Erna: Vergangenheit verstehen. Zu Wahrheit, Lügen und Erinnerung. Paris, Berlin 2000.

*Nachmansohn,* David / *Schmid,* Roswitha: Die große Ära der Wissenschaft in Deutschland 1900 bis 1933. Jüdische und nichtjüdische Pioniere in der Atomphysik, Chemie und Biochemie. Stuttgart 1988.

*Pauley,* Bruce F.: From Prejudice to Persecution: A History of Austrian Anti-Semitism. Chapel Hill 1992.

*Pelinka,* Anton: Austria. Out of the Shadow of the Past. Boulder 1998.

*Platt,* Kristin / *Dabag,* Mihran (Hg.): Generation und Gedächtnis. Erinnerungen und kollektive Identitäten. Opladen 1995.

*Pollak,* Michael: Wien 1900 – eine verletzte Identität. Konstanz 1997.

*Pulzer,* Peter: The Rise of Political Anti-Semitism in Germany and Austria. London 1988 (revised edition).

*Reemtsma,* Jan Philipp: „Wie hätte ich mich verhalten?“ Und andere nicht nur deutsche Fragen. München 2001

*Rosenbaum,* Ron: Explaining Hitler. The Search for the Origins of his Evil. New York 1998.

*Said*, Edward: The End of the Peace Process, Oslo and after. Granta, London 2000.

*Rejwan*, Nissim: Israels Place in the Middle East. A Pluralistic Perspektive. Florida UP 1998.

*Sartre,* Jean-Paul: Überlegungen zur Judenfrage. Reinbek bei Hamburg 1994.

*Sartre,* Jean-Paul: Betrachtungen zur Judenfrage. In: Drei Essays. Berlin 1960.

*Schoeps,* Julius / *Schlör,* Joachim (Hg.): Antisemitismus. Vorurteile und Mythen. München, Zürich 1995.

*Sottopietra, Doris*: Variationen eines Vorurteils. Eine Entwicklungsgeschichte des Antisemitismus in Österreich. Wien 1997.

*Soyfer,* Jura: Lyrik. Wien, München, Zürich 1984.

*Steinberg,* Jonathan: All or Nothing. The Axis and the Holocaust 1941-1943. London 1990.

*Straub,* Jürgen (Hg.): Erzählung, Identität und historisches Bewußtsein. Die psychologische Konstruktion von Zeit und Geschichte, Bd. 1. Frankfurt am Main 1998.

*Wodak,* Ruth u. a.: „Wir sind alle unschuldige Täter!" Diskurshistorische Studien zum Nachkriegsantisemitismus. Frankfurt am Main 1990.

*Wodak,* Ruth u. a.: Zur diskursiven Konstruktion nationaler Identität. Frankfurt am Main 1998.

*Ziegler,* Meinrad / *Konnonier-Finster,* Waltraud: Österreichisches Gedächtnis. Über Erinnern und Vergessen der NS-Vergangenheit. Wien, Köln, Weimar 1997.

# Autorinnen und Autoren

**Max-Joseph Halhuber.** Geboren 1916 in Innsbruck, Dr. med. 1940-1945 Militärarzt, bis 1967 Oberarzt an der Medizinischen Universitätsklinik Innsbruck, 1967-1981 Ärztlicher Direktor der Klinik Höhenried für Herz-Kreislauf-Krankheiten bei München. A.o. Univ. Prof. für Innere Medizin in Innsbruck und an der Technischen Universität München. Lebt in Deutschland und Österreich.

Publikationen zu Medizin und zur Auseinandersetzung mit dem Nationalsozialismus.

**Daniela Ingruber.** Geboren 1966 in Lienz. Politik- und Theaterwissenschafterin. Referentin für Außenpolitik im Grünen Parlamentsklub, freie Mitarbeiterin am Institut für Interdisziplinäre Forschung und Fortbildung (IFF) – Politische Bildung an der Universität Innsbruck und am Österreichischen Lateinamerika Institut in Wien.

Forschungs- und Publikationsschwerpunkte: Friedensforschung, Neue Medien und Entwicklungspolitik.

**Christina Kleiser.** Geboren 1975 in Bregenz. Historikerin, Mag.phil. Studium der Geschichte und Germanistik in Wien und Cagliari/Italien, mehrmonatige Studienaufenthalte in Rom und Paris. Schreibt derzeit an ihrer Dissertation zum Thema „Kulturelle Erinnerungsarbeit". Wissenschaftliche Mitarbeiterin der Österreichischen Exilbibliothek und der Handschriftensammlung der Wiener Stadt- und Landesbibliothek.

**Anton Pelinka.** Geboren 1941 in Wien. Professor für Politikwissenschaft in Innsbruck und Wissenschaftlicher Leiter des Instituts für Konfliktforschung in Wien.

Zahlreiche Publikationen, vor allem zum politischen System in Österreich und zur Demokratietheorie, zuletzt: „Austria: Out of the Shadow of the Past“ (1998); „The Politics of Lesser Evil. Leadership, Democracy and Jaruzelski's Poland“ (1999); „Österreichische Politik. Grundlagen, Strukturen, Trends“ (mit Sieglinde Rosenberger, 2000)

Gerhard Botz / Ivar Oxaal /
Michael Pollak / Nina Scholz (Hg.)

# Eine zerstörte Kultur

Jüdisches Leben und Antisemitismus in Wien
seit dem 19. Jahrhundert

*2., neu bearbeitete und erweiterte Ausgabe*

ca. 448 Seiten, geb., SU, Leseband
Format 13,5 x 21 cm
ca. € 39,80 / SFr 69,-
ISBN 3-7076-0140-4
*Juni 2002*